# 悲しき玩具

## 一握の砂以後

（四十三年十一月末より）

石川啄木

近藤典彦編



桜出版

# 目次

# まえがき

石川啄木の第二歌集「悲しき玩具」は一九一二年（明45）六月に東雲堂書店から出版されました。すでに啄木の死後二ヶ月以上を経ていました。生前の啄木に委託され、土岐哀果が編集したものでした。以後約百年間この『悲しき玩具』が底本となって数知れぬ版の「悲しき玩具」が刊行されてきました。しかしこの底本化した『悲しき玩具』はあまりに多くの問題を孕んでいました。

1. 編集上の問題。

啄木は『一握の砂』同様に一ページ二首見開き四首の構成を考えていたとみられますが、哀果は啄木の編集意図に気づかず、啄木の「白鳥の歌」ともいうべき二首（死の二ヶ月前の作）を冒頭に持ってきました。そのため歌集全体の雰囲気が暗く染まってしまいました。さらに問題なのは啄木の意図した構成が初めから終いまで壊れてしまったことです。さらに二箇所四ページに乱丁があります（本書22ページ・26ページの脚注参照）。

2．用字上の問題（ルビ、漢字など）。

ルビ。土岐は啄木の語感をあまり考慮せず、自分の語感にしたがって全漢字にルビを振りました。そのため啄木の歌に少なからず哀果的なものが入り込みました（本書116〜120ページ参照）。

漢字。原稿と異なる漢字を用い、歌意の変更が生じました。例えば「寐る」をすべて「寝る」に変えました。「寝る」への哀果流の統一は十数首の歌の味わいをずいぶん変えました（本書113〜114ページ参照）。

3．句読点。

原稿にない句読点を入れたり、原稿にある句読点を欠くなどしています。これも歌の味わいを変えています（本文の諸脚注参照）。

本書は土岐哀果編集の『悲しき玩具』から脱却し、啄木直筆のノート歌集「一握の砂以後（四十三年十一月末より）」を底本としました。ただし土岐の命名になる「悲しき玩具」というタイトルは百年の歴史と広汎な読者の愛着があるので、本書でも踏襲しました。

以上を含む諸問題点の詳細な説明は「解説」をごらんください。

本書は『復元 啄木新歌集』（桜出版、2012年）の改訂版ですが、幻の歌集「仕事の後」は付録とし、『悲しき玩具』の決定版であることに主眼を置きました。『悲しき玩具』索引も入れました。姉妹版『一握の砂』（桜出版）とセットで、ご愛用下さい。

二〇一七年一〇月

編者　近藤典彦

【付記】

右のまえがきを記してのち、大室精一著『『一握の砂』『悲しき玩具』―編集による表現―』(おうふう、二〇一六年一二月)を理解するために、わたくしはこの二ヶ月間『悲しき玩具』研究に足を踏み入れた。その成果も本書「解説」に取り込んだ。

分けても本文校訂に関する大室精一前掲書の示唆は貴重であった。ノート歌集(底本)の歌のうち計三〇首が啄木によってさらに推敲され、四冊の雑誌に掲載されていることが判明した。この三〇首は本文として採った。本文の質が格段に高まったと確信する。

本文校訂の詳細は「解説」の該当諸箇所を参照されたい。

二〇一七年一〇月

編者誌す

# 凡例

〔本文〕

一、底本は啄木直筆のノート歌集「一握の砂以後（四十三年十一月末より）」である。原本は日本近代文学館所蔵であるが、復刻版「石川啄木 直筆ノート 悲しき玩具」（盛岡啄木会、一九八〇年）があるのでこれを用いた。最後に近代文学館所蔵の原本を参照した。

一、底本の一九二首中、作者石川啄木がさらに推敲をおこなった雑誌掲載歌がある。それらのうち校合して最終推敲歌と認めた三〇首はこれを本文とした（当該歌各脚注参照）。

一、ノート歌集「一握の砂以後（四十三年十一月末より）」にはルビがない。『一握の砂』（東雲堂書店、明治四十三年十二月一日刊）にならって総ルビにした。総ルビ化にあたっては『悲しき玩具』(東雲堂書店、明治四十五年六月二十日刊)を参考にし、『一握の砂』(東雲堂版、朝日文庫版)の表記に準拠した(「解説」参照)。

一、底本の旧字は新字に改めた。ただし「脊丈」の脊、「廻診」の廻、「電燈」の燈などはそれぞれ背・回・灯と旧字新字の関係にはないので残した。

〔脚注〕

一、✣の脚注は本文に関するもの。

一、❈の脚注は土岐哀果編『悲しき玩具』との異同を示す。

〔その他〕

一、歌番号をつけた。冒頭の二首を補遺としたので旧『悲しき玩具』の番号より二番ずつ若い。

一、検索の便宜をはかって索引をつけた。

# 悲しき玩具

一握の砂以後（四十三年十一月末より）

脚注　近藤典彦

○

途中《とちゅう》にてふと気《き》が変《かは》り、
つとめ先《さき》を休《やす》みて、今日《けふ》も
河岸《かし》をさまよへり。

1

○

咽喉《のど》がかわき、
まだ起《お》きてゐる果物屋《くだものや》を探《さが》しに行《ゆ》きぬ。
秋《あき》の夜《よ》ふけに。

2

1〜42は明治43年11月末〜12月半ばの作。

※（二行目）土岐哀果編『悲しき玩具』（以下(悲)）今日《けふ》も、

○

遊《あそ》びに出《で》て子供《こども》かへらず、
取《と》り出《だ》して
走《はし》らせてみる玩具《おもちや》の機関車《きくわんしや》。

3

○

本《ほん》を買《か》ひたし、本《ほん》を買《か》ひたしと、
あてつけのつもりではなけれど、
妻《つま》に言《い》ひてみる。

4

✣〈玩具の機関車〉生後24日で死んだ長男真一のために買っておいたもの。
❈（三行目）(悲) 見《み》る

○

旅《たび》を思《おも》ふ夫《をつと》の心《こころ》！
叱《しか》り、泣《な》く、妻子《つまこ》の心《こころ》！
朝《あさ》の食卓《しよくたく》！

5

○

家《いへ》を出《で》て五町《ちやう》ばかりは
用《よう》のある人《ひと》のごとくに
歩《ある》いてみたれど——

6

❈（一行目）（悲）ばかりは、

○

痛《いた》む歯《は》をおさへつつ、
日《ひ》が赤赤《あかあか》と
冬《ふゆ》の靄《もや》の中《なか》にのぼるを見《み》たり。

7

○

いつまでも歩《ある》いてゐねばならぬごとき
思《おも》ひ湧《わ》き来《き》ぬ、
深夜《しんや》の町町《まちまち》。

8

✣〈赤赤と〉　底本は「赤々と」。
※（二行目）㊣悲 赤赤《あかあか》と、

○

なつかしき冬《ふゆ》の朝《あさ》かな。
湯《ゆ》をのめば、
湯気《ゆげ》がやはらかに顔《かほ》にかかれり。

9

○

何《なに》となく、
今朝《けさ》は少《すこ》しくわが心明《こころあか》るきごとし。
手《て》の爪《つめ》を切《き》る。

10

❉（三行目）㊝ やはらかに、

❉（一行目）㊝ 何《なん》となく、

❉（二行目）㊝ 少しく、

○

11
うつとりと
本《ほん》の挿絵《さしゑ》に眺《なが》め入《い》り、
煙草《たばこ》の煙《けむり》吹《ふ》きかけてみる。

○

12
途中《とちう》にて乗換《のりかへ》の電車《でんしや》なくなりしに
泣《な》かうかと思《おも》ひき。
雨《あめ》も降《ふ》りてゐき。

✣〈乗換の電車〉上野広小路乗り換えの本郷三丁目方面行き電車。

❈（一行目）悲 なくなりしに、

二晩《ふたばん》おきに
夜《よ》の一時《いち》頃《じ》に切通《きりどほし》の坂《さか》を上《のぼ》りしも——
勤《つと》めなればかな。

○

13

しつとりと
酒《さけ》のかをりにひたりたる
脳《なう》の重《おも》みを感《かん》じて帰《かへ》る。

○

14

✣〈切通の坂〉上野池の端から湯島天神前を通って登る春日通りの坂。

❈（一行目）㊘ 二晩《ふたばん》おきに、

○
今日《けふ》もまた酒《さけ》のめるかな！
酒《さけ》のめば
胸《むね》のむかつく癖《くせ》を知《し》りつつ。

15

○
何事《なにごと》か今我《いまわれ》つぶやけり。
かく思《おも》ひ、
目《め》をうちつぶり、酔《ゑ》ひを味《あぢは》ふ。

16

○

すつきりと酔《ゑ》ひのさめたる心地《ここち》よさよ！
夜中《よなか》に起《お》きて、
墨《すみ》を磨《す》るかな。

17

○

真夜中《まよなか》の出窓《でまど》に出《い》でて、
欄干《らんかん》の霜《しも》に
手先《てさき》を冷《ひ》やしけるかな。

18

✣〈心地よさよ！〉
底本は「心地よさよ。！」。

○

どうなりと勝手《かって》になれといふごとき
わがこのごろを
ひとり恐《おそ》るる。

19

○

手《て》も足《あし》もはなればなれにあるごとき
ものうき寐覚《ねざめ》！
かなしき寐覚《ねざめ》！

20

❖「寐」と「寝」の意味の違いは重要。本書【解説】113～114（四のA）参照。

❖（二、三行目とも）㊣悲 寝覚《ねざめ》！

○

みすぼらしき郷里《くに》の新聞《しんぶん》ひろげつつ、
誤植《ごしよく》ひろへり。
今朝《けさ》のかなしみ。

21

※(悲)では以下4首が23 24 21 22の順となっている。

○

誰《たれ》か我《われ》を
思《おも》ふ存分《ぞんぶん》叱《しか》りつくる人《ひと》あれと思《おも》ふ。
何《なに》の心《こころ》ぞ。

22

※(三行目)(悲)何《なん》の心ぞ。

○

朝《あさ》な朝《あさ》な
撫《な》でてかなしむ、
下《した》にして寐《ね》た方《ほう》の腿《もも》のかろきしびれを。

23

✣〈腿〉底本は「褪」。
❈（三行目）(悲) 寝《ね》た方《はう》

○

曠野《あらの》ゆく汽車《きしや》のごとくに、
このなやみ、
ときどき我《われ》の心《こころ》を通《とほ》る。

24

○

何《なに》がなく
初恋人《はつこひびと》のおくつきに詣《まう》づるごとし。
郊外《かうぐわい》に来《き》ぬ。

25

✣〈おくつき〉墓。
❈（三行目）(悲) 郊外《こうぐわい》

○

なつかしき
故郷《こきやう》にかへる思《おも》ひあり、
久《ひさ》し振《ぶ》りにて汽車《きしや》に乗《の》りしに。

26

○

新《あたら》しき明日《あす》の来《きた》るを信《しん》ずといふ
自分《じぶん》の言葉《ことば》に
嘘《うそ》はなけれど——

27

○

考《かんが》へれば、
ほんとに欲《ほ》しと思《おも》ふこと有《あ》るやうで無《な》し。
煙管《きせる》をみがく。

28

✣〈嘘はなけれど——〉
「今は反動の真黒な嵐が吹きすさんでいる」といった思いが「——」に託されている。

○

29 よごれたる手《て》をみる――
ちやうど
この頃《ごろ》の自分《じぶん》の心《こころ》に対《むか》ふがごとし。

○

30 よごれたる手《て》を洗ひし時《とき》の
かすかなる満足《まんぞく》が
今日《けふ》の満足《まんぞく》なりき。

※㊟悲以下4首が31 32 29 30の順となっている。

○

今日《けふ》ひよいと山《やま》が恋《こ》ひしくて
山《やま》に来《き》ぬ。
去年《きよねん》腰掛《こしか》けし石《いし》をさがすかな。

31

○

朝寝《あさね》して新聞《しんぶん》読《よ》む間《ま》なかりしを
負債《ふさい》のごとく
今日《けふ》も感《かん》ずる。

32

※（一行目）㊣悲　朝寝

○

年《とし》明《あ》けてゆるめる心《こころ》！
うつとりと
来《こ》し方《かた》をすべて忘《わす》れしごとし。

33

○

昨日《きのふ》まで朝《あさ》から晩《ばん》まで張《は》りつめし
あのこころもち、
忘《わす》れじと思《おも》へど。

34

○

戸《と》の面《も》には羽子《はね》突《つ》く音《おと》す。
笑《わら》ふ声《こゑ》す。
去年《きよねん》の正月《しやうぐわつ》にかへれるごとし。

35

○

何《なに》となく、
今年《ことし》はよい事《こと》あるごとし。
元日《ぐわんじつ》の朝晴《あさは》れて風無《かぜな》し。

36

❈（一行目）悲　何《なん》となく、

❈（三行目）悲　朝《あさ》、晴《は》れて

○

腹《はら》の底《そこ》より欠伸《あくび》もよほし
ながながと欠伸《あくび》してみぬ、
今年《ことし》の元日《ぐわんじつ》。

37

○

いつの年《とし》も、
似《に》たよな歌《うた》を二つ三つ
年賀《ねんが》の文《ふみ》に書《か》いてよこす友《とも》。

38

○

正月《しやうぐわつ》の四日《よつか》になりて
あの人《ひと》の
年《ねん》に一度《ど》の葉書《はがき》も来《き》にけり。

39

○

世《よ》におこなひがたき事《こと》のみ考《かんが》へる
われの頭《あたま》よ！
今年《ことし》もしかるか。

40

○

人《ひと》がみな
同《おな》じ方角《はうがく》に向《む》いて行《ゆ》く。
それを横《よこ》より見《み》てゐる心《こころ》。

41

○

いつまでか、
この見飽《みあ》きたる懸額《かけがく》を
このまま懸《か》けておくことやらむ。

42

✣〈この見飽きたる懸額〉少年時代から崇拝していたリヒャルト・ワーグナーの写真を入れた額であろう。

○

ぢりぢりと、
蠟燭《らふそく》の燃《も》えつくるごとく、
夜《よる》となりたる大晦日《おほみそか》かな。

43

○

青塗《あをぬり》の瀬戸《せと》の火鉢《ひばち》によりかかり、
眼閉《めと》ぢ、眼《め》を開《あ》け、
時《とき》を惜《をし》めり。

44

43〜48は明治44年正月（松の内）の作。

※（二行目）(悲) 蠟燭《らうそく》

○
何《なに》となく明日《あす》はよき事《こと》あるごとく
思《おも》ふ心《こころ》を
叱《しか》りて眠《ねむ》る。
45

※（一行目）(悲) 何《なん》となく、

○
過《す》ぎゆける一年《ねん》のつかれ出《で》しものか、
元日《ぐわんじつ》といふに
うとうと眠《ねむ》し。
46

○

それとなく
その由《よ》るところ悲《かな》しまる、
元日《ぐわんじつ》の午後《ごご》の眠《ねむ》たき心《こころ》。

47

○

ちつとして、
蜜柑《みかん》のつゆに染《そ》まりたる爪《つめ》を見《み》つむる
心《こころ》もとなさ！

48

○

49
手《て》を打《う》ちて
眠《ねむ》気《げ》の返事《へんじ》きくまでの
そのもどかしさに似《に》たるもどかしさ！

○

50
やみがたき用《よう》を忘《わす》れ来《き》ぬ——
途中《とちゅう》にて口《くち》に入《い》れたる
ゼムのためなりし。

49〜66は明治44年1月17日の作。

❖〈ゼム〉口中清涼剤。

○

すつぽりと蒲団《ふとん》をかぶり、
足《あし》をちぢめ、
舌《した》を出《だ》してみぬ、誰《たれ》にともなしに。

51

○

いつしかに正月《しやうぐわつ》も過《す》ぎて、
わが生活《くらし》が
またもとの道《みち》にはまり来《きた》れり。

52

○

神様《かみさま》と議論《ぎろん》して泣《な》きし——
あの夢《ゆめ》よ！
四日《よつか》ばかりも前《まえ》の朝《あさ》なりし。

53

○

家《いへ》にかへる時間《じかん》となるを、
ただ一つの待《ま》つことにして、
今日《けふ》も働《はたら》けり。

54

○

いろいろの人《ひと》の思《おも》はく
はかりかねて、
今日《けふ》もおとなしく暮《く》らしたるかな。

55

○

おれが若《も》しこの新聞《しんぶん》の主筆《しゆひつ》ならば
やらむ——と思《おも》ひし
いろいろの事《こと》！

56

✣〈主筆〉新聞社では首位の記者。

❈（一行目）㊝ならば、

○

石狩《いしかり》の空知郡《そらちごほり》の
牧場《ぼくちやう》のお嫁《よめ》さんより送《おく》り来《き》し
バタかな。

57

○

外套《ぐわいたう》の襟《えり》に頤《あご》を埋《うづ》め、
夜《よ》ふけに立《たち》どまりて聞《き》く。
よく似《に》た声《こゑ》かな。

58

○

Yといふ符牒《ふてふ》
古日記《ふるにつき》の処処《しよしよ》にあり――
Yとはあの人《ひと》の事《こと》なりしかな。

59

○

百姓《ひやくしやう》の多《おほ》くは酒《さけ》をやめしといふ。
もつと困《こま》らば、
何《なに》をやめるらむ。

60

✣〈Yという符牒〉「奴《やっこ》」すなわち坪仁子（小奴）の啄木だけの呼び方。
❈（一行目）悲 符牒《ふてふ》、

❈（一行目）悲 百姓《ひやくせう》

○

目《め》さまして直《す》ぐの心《こころ》よ！
年《とし》よりの家出《いへで》の記事《きじ》にも
涙出《なみだい》でたり。

61

○

人《ひと》とともに事《こと》をはかるに
適《てき》せざる
わが性格《せいかく》を思《おも》ふ寐覚《ねざめ》かな。

62

❖（二行目）㊗悲 適せざる、
❖（三行目）㊗悲 寝覚《ねざめ》

○

何《なに》となく、
案外《あんぐわい》に多《おほ》き気《き》もせらる、
自分《じぶん》と同《おな》じこと思《おも》ふ人《ひと》。

63

✣〈多き気〉底本は「多き事」。

○

自分《じぶん》よりも年若《としわか》き人《ひと》に
半日《はんにち》も気焔《きえん》を吐《は》きて、
つかれし心《こころ》！

64

❈（一行目）㊀悲 人《ひと》に、

○

珍《めづ》らしく、今日《けふ》は、
議会《ぎくわい》を罵《ののし》りつつ涙出《なみだい》でたり。
うれしと思《おも》ふ。

65

○

ひと晩《ばん》に咲《さ》かせてみむと、
梅《うめ》の鉢《はち》を火《ひ》に焙《あぶ》りしが、
咲《さ》かざりしかな。

66

○

あやまちて茶碗《ちやわん》をこはし、
物《もの》をこはす気持《きもち》のよさを
今朝《けさ》も思《おも》へる。

67

○

猫《ねこ》の耳《みゝ》を引《ひ》つぱりてみて、
にやと啼《な》けば、
びつくりして喜《よろこ》ぶ子供《こども》の顔《かほ》かな。

68

67〜82と85は明治44年1月22日作。83 84は1月28日か29日作。

※（二行目）(悲) よさを、

○

何故《なぜ》かうかとなさけなくなり、
弱《よわ》い心《こころ》を何度《なんど》も叱《しか》り、
金《かね》かりに行《ゆ》く。

69

○

待《ま》てど、待《ま》てど、
来《く》る筈《はず》の人《ひと》の来《こ》ぬ日《ひ》なりき、
机《つくえ》の位置《ゐち》を此処《ここ》に変《か》へしは。

70

※(一行目)(悲) 待《ま》てど待《ま》てど、

※(三行目)(悲) 机《つくへ》

○

古新聞《ふるしんぶん》！
おや、此処におれの歌《うた》のことを賞《ほ》めて書《か》いてあり——
二三行《ぎやう》なれど。

71

✣「早稲田文学」明治44年3月号に拠る。
❈（二行目）㊝ おやここにおれの歌の事を書《か》いてあり、

○

引越《ひっこ》しの朝《あさ》の足《あし》もとに落《お》ちてゐぬ、
女《をんな》の写真《しやしん》！
忘《わす》れゐし写真《しやしん》！

72

○

その頃《ころ》は気《き》もつかざりし
仮名《かな》ちがひの多《おほ》きことかな、
昔《むかし》の恋文《こひぶみ》！

73

○

八年前《ねんまへ》の
今《いま》のわが妻《つま》の手紙《てがみ》の束《たば》、
何処《どこ》に蔵《しま》ひしかと気《き》にかかるかな。

74

※（一行目）(悲) 八年前《ねんぜん》の
※（二行目）(悲) 手紙《てがみ》の束《たば》！

○

眠《ねむ》られぬ癖《くせ》のかなしさよ！
すこしでも
眠気《ねむけ》がさせば、うろたへて寝《ね》る。

75

○

笑《わら》ふにも笑《わら》はれざりき――
長《なが》いこと捜《さが》したナイフの
手《て》の中《なか》にありしに。

76

※（三行目）㊣悲 手《て》の中《うち》に

○

この四五年《ねん》、
空《そら》を仰《あふ》ぐといふことが一度《ど》もなかりき。
かうもなるものか？

77

○

原稿紙《げんかうし》にでなくては
字《じ》を書《か》かぬものと、
かたく信《しん》ずる我《わ》が児《こ》のあどけなさ！

78

○

どうか、かうか、今月《こんげつ》も無事《ぶじ》に暮《く》らしたりと、
外《ほか》に欲《よく》もなき
晦日《みそか》の晩《ばん》かな。

79

○

あの頃《ころ》はよく嘘《うそ》を言《い》ひき。
平気《へいき》にてよく嘘《うそ》を言《い》ひき。
汗《あせ》が出《い》づるかな。

80

※（一行目）(悲) どうかかうか、

○

古手紙《ふるてがみ》よ！
あの男《をとこ》とも、五年前《ねんまへ》は、
かほど親《した》しく交《まじ》はりしかな。

81

○

名は何《なん》と言《い》ひけむ。
姓《せい》は鈴木《すずき》なりき。
今《いま》はどうして何処《どこ》にゐるらむ。

82

○
生《うま》れたといふ葉書《はがき》みて、
ひとしきり、
顔《かほ》をはれやかにしてゐたるかな。

○
そうれみろ、
あの人《ひと》も子《こ》をこしらへたと、
何《なに》か気《き》の済《す》む心地《ここち》にて寐《ね》る。

83
✣以下二首は、金田一京助の長女誕生を祝う。

84
❈(三行目)悲 寝《ね》る。

○

「石川《いしかは》はふびんな奴《やつ》だ。」
ときにかう自分《じぶん》で言《い》ひて
かなしみてみる。

85

○

ドア推《お》してひと足出《あしで》れば、
病人《びやうにん》の目《め》にはてもなき
長廊下《ながらうか》かな。

86

❈（一行目）悲『石川《いしかは》はふびんな奴《やつ》だ。』

❈（二行目）悲 言《い》ひて、

86〜96は2月12日の作。

✣〈86〜120の歌〉
「曠野」明治44年3月20日号、「野より」4月10日号に拠る。2月4日結核性腹膜炎で東大病院に入院。以下120まで病院生活をうたう。

○

重《おも》い荷《に》を下《おろ》したやうな
気持《きもち》なりき、
この寐台《ねだい》の上《うへ》に来《き》ていねしとき。

87

❖（一行目）㊡ やうな、
❖（三行目）㊡ 寝台《ねだい》

○

そんならば生命《いのち》が欲《ほ》しくないのかと、
医者《いしや》に言《い》はれて、
だまりし心《こころ》！

88

○

真夜中《まよなか》にふと目《め》がさめて、
わけもなく泣《な》きたくなりて、
蒲団《ふとん》をかぶれる。

○

話《はな》しかけて、返事《へんじ》のなきに、
よくみれば、
泣《な》いてゐたりき、隣《とな》りの患者《くわんじや》。

89

✣「曠野」3月号、「野より」4月号に拠る。

90

✣「曠野」3月号に拠る。
❈（一行目）(悲) 話《はな》しかけて返事《へんじ》のなきに
❈（二行目）(悲) よく見《み》れば、

○

病室《びやうしつ》の窓《まど》にもたれて、
久《ひさ》しぶりに巡査《じゆんさ》を見《み》たりと
よろこべるかな。

91

✣「曠野」3月号、「野より」4月号に拠る。
❈(二行目) 悲 見《み》たりと、

○

晴《は》れし日《ひ》のかなしみの一つ！
病院《びやうゐん》の窓《まど》にもたれて、
煙草《たばこ》を味《あぢは》ふ。

92

✣「曠野」3月号、「野より」4月号に拠る。
❈(二行目) 悲 病室《びやうしつ》の窓《まど》にもたれて

○

夜《よる》おそく何処《どこ》やらの室《しつ》の騒《さわ》がしきは
人《ひと》や死《し》にたらむと、
息《いき》をひそむる。

93

❈（一行目）(悲) 室《へや》
❈（一行目）(悲) 騒《さは》がしき

○

脈《みやく》をとる看護婦《かんごふ》の手《て》の
あたたかき日《ひ》あり、
つめたく、堅《かた》き日《ひ》もあり。

94

✣「曠野」3月号に拠る。
❈（一行目）(悲) 手《て》の、
❈（三行目）(悲) つめたく堅《かた》き

○

病院《びやうゐん》に入《い》りて初《はじ》めての夜《よ》といふに、
すぐ寐入《ねい》りしが
もの足《た》らぬかな。

95

✣「曠野」3月号、「野より」4月号に拠る。
❈（二行目）㊡ 寝入《ねい》りしが、
❈（三行目）㊡ 物足《ものた》らぬ

○

何《なに》となく自分《じぶん》をえらい人《ひと》のやうに
思《おも》ひてゐたりき。
子供《こども》なりしかな。

96

ふくれたる腹《はら》を撫《な》でつつ、
病院《びやうゐん》の寝台《ねだい》に、ひとり、
かなしみてあり。

97

目《め》さませば、からだ痛《いた》くて
動《うご》かれず。
泣《な》きたくなりて夜《よ》明《あ》くるを待《も》つ。

98

97～112は2月19日の作。

✢「野より」4月号に拠る。

❈（三行目）㊟泣きたくなりて、

○
99
びつしよりと盗汗《ねあせ》出《で》てゐる
あけがたの
まだ覚《さ》めやらぬ重《おも》きかなしみ。

○
100
ぼんやりとした悲《かな》しみが、
夜《よ》となれば、
寝台《ねだい》の上《うへ》にそつと来《き》て乗《の》る。

✣「野より」4月号に拠る。

○

病院《びやうゐん》の窓《まど》によりつつ、
いろいろの人《ひと》の
元気《げんき》に歩《ある》くを眺《なが》む。

101

○

もうお前《まへ》の心底《しんてい》をよく見届《みとど》けたと、
夢《ゆめ》に母《はは》来《き》て
泣《な》いてゆきしかな。

102

○

思《おも》ふこと盗《ぬす》み聞《き》かるる如《ごと》くにて、
つと胸《むね》を引《ひ》きぬ——
聴診器《ちやうしんき》より。

○

看護婦《かんごふ》が徹夜《てつや》するまで、
わが病《やま》ひ、
わるくなれともひそかに願《ねが》へる。

103
✣「野より」4月号に拠る。
❈（一行目）(悲) 盗みきかるる

104
❈（一行目）(悲) 看護婦《かんごふ》の

○

病院《びやうゐん》に来《き》て、
妻《つま》や子《こ》をいつくしむ
まことの我《われ》にかへりけるかな。

105

○

もう嘘《うそ》をいはじと思《おも》ひき――
それは今朝《けさ》――
今《いま》また一つ嘘《うそ》をいへるかな。

106

○

何《なに》となく、
自分《じぶん》を嘘《うそ》のかたまりの如《ごと》く思《おも》ひて、
目《め》をばつぶれる。

107

○

今《いま》までのことを
みな嘘《うそ》にしてみれど、
心《こころ》すこしも慰《なぐさ》まざりき。

108

※（一行目）(悲) 何《なん》となく、

○

軍人《ぐんじん》になると言《い》ひ出《だ》して、
父母《ちちはは》に
苦労《くらう》させたる昔《むかし》の我《われ》かな。

109

○

うつとりとなりて、
剣《けん》をさげ、馬《うま》にのれる己《おの》が姿《すがた》を
胸《むね》に描《えが》ける。

110

○

藤沢《ふぢさは》といふ代議士《だいぎし》を
弟《おとうと》のごとく思《おも》ひて、
泣《な》いてやりしかな。

111

○

何《なに》か一つ
大《おほ》いなる悪事《あくじ》しておいて、
知《し》らぬ顔《かほ》してゐたき気持《きもち》かな。

112

ぢつとして寝《ね》ていらつしやいと、
子供《こども》にでも言《い》ふがごとくに、
医者《いしや》の言《い》ふ日《ひ》かな。

*113*

氷嚢《ひようなう》の下《した》より
まなこを光《ひか》らせて、
寐《ね》られぬ夜《よる》は人《ひと》をにくめる。

*114*

113〜128は3月18日(推定)の作。

❖「新日本」明治44年7月号に拠る。
❖この歌から行頭を一字下げる表記が始まる。
❖(一行目)㊣ いらつしやいと
❖(二行目)㊣ いふがごとくに
❖(三行目)㊣ 行頭一字下げ。いふ日《ひ》

❖(一行目)㊣ 氷嚢《へうのう》

❖(三行目)㊣ 寝《ね》

○

春《はる》の雪《ゆき》みだれて降《ふ》るを
熱《ねつ》のある目《め》に
かなしくも眺《なが》め入《い》りたる。

115

○

人間《にんげん》のその最大《さいだい》のかなしみが
これかと
ふつと目《め》をばつぶれる。

116

○

廻診《くわいしん》の医者《いしや》の遅《おそ》さよ！
痛《いた》みある胸《むね》に手《て》をおきて、
かたく眼《め》を閉《と》づ。

117

✣「新日本」7月号に拠る。
❈ 悲 三行目だけ一字下げになっている。
❈（二行目）悲 手《て》をおきて
❈（三行目）悲 眼《め》をとづ。

○

医者《いしや》の顔色《かほいろ》をぢつと見《み》し外《ほか》に、
何《なに》も見《み》ざりき――
胸《むね》の痛《いた》み募《つの》る日《ひ》。

118

✣「新日本」7月号に拠る。
❈（一行目）悲 見《み》し外《ほか》に

○

病《や》みてあれば心《こころ》も弱《よわ》るらむ！
さまざまの
泣《な》きたきことが胸《むね》にあつまる。

119

○

寝《ね》つつ読《よ》む本《ほん》の重《おも》さに
つかれたる、
手《て》を休《やす》めては、物《もの》を思《おも》へり。

120

✣「新日本」７月号に拠る。
✣〈本の重さ〉クロポトキン『一革命家の手記』（英書）の重さ。
❖（二行目）(悲) つかれたる

○
今日《けふ》は、なぜか、
二度《ど》も、三度《ど》も、
金側《きんがは》の時計《とけい》を一《ひと》つ欲《ほ》しと思《おも》へり。

121

○
いつか、是非《ぜひ》、出《だ》さんと思《おも》ふ本《ほん》のこと、
表紙《へうし》のことなど
妻《つま》に語《かた》れる。

122

✣ *121*～*128*は退院（3月15日）後の在宅療養生活をうたう。
❈（三行目）㊡ 金側《きんかわ》の時計《ときい》

❈（一行目）㊡ いつか是非《ぜひ》、
❈（二行目）㊡ など、

○

胸《むね》いたみ、
春《はる》のみぞれの降《ふ》る日《ひ》なり。
　薬《くすり》に噎《む》せて、伏《ふ》して眼《め》を閉《と》づ。

123

✣「新日本」7月号に拠る。
❈（二行目）(悲) 霙《みぞれ》の
❈（三行目）(悲) 眼《め》をとづ。

○

あたらしきサラドの色《いろ》の
　うれしさに、
箸《はし》とりあげて見《み》は見《み》つれども――

124

✣「新日本」7月号に拠る。
✣〈サラド〉サラダ。

○

子《こ》を叱《しか》る、あはれ、この心《こころ》よ。
熱《ねっ》高《たか》き日《ひ》の癖《くせ》とのみ
妻《つま》よ、思《おも》ふな。

125

○

運命《うんめい》の来《き》て乗《の》れるかと
うたがひぬ――
蒲団《ふとん》の重《おも》き夜半《よは》の寐覚《ねざ》めに。

126

※（三行目）(悲) 寝覚《ねざ》め

○

たへがたき渇《かわ》き覚《おぼ》ゆれど、
手《て》をのべて
林檎《りんご》とるだにものうき日《ひ》かな。

127

○

氷嚢《ひょうなう》のとけて温《ぬる》めば、
おのづから目《め》がさめ来《きた》り、
からだ痛《いた》める。

128

※（一行目）悲 氷嚢《へうのう》
※（一行目）悲 温《ぬく》めば、

# 六月

○

129

いま、夢《ゆめ》に閑古鳥《かんこどり》を聞《き》けり。
閑古鳥《かんこどり》を忘《わす》れざりしが
かなしくあるかな。

○

130

ふるさとを出《い》でて五年《いつとせ》、
病《やまひ》を得《え》て、
かの閑古鳥《かんこどり》を夢《ゆめ》に聞《き》けるかな。

129〜150は6月1日(推定)の作。

✣〈閑古鳥〉カッコウ。

✣「新日本」7月号に拠る。
❈(二行目) (悲) 病《やまひ》をえて、
❈(三行目) (悲) きけるかな。

○

閑古鳥《かんこどり》！
渋民村《しぶたみむら》の山荘《さんさう》をめぐる林《はやし》の
あかつきなつかし。

○

ふるさとの寺《てら》の畔《ほとり》の
檜葉《ひば》の木《き》の
いただきに来《き》て啼《な》きし閑古鳥《かんこどり》！

131

※（一行目）㊣ 閑古鳥《かんこどり》――

132

✣「新日本」７月号に拠る。
※（二行目）㊣ ひばの木《き》の

○

脈《みやく》をとる手《て》のふるひこそ
かなしけれ――
医者《いしや》に叱《しか》られし若《わか》き看護婦《かんごふ》！

133

○

いつとなく、記憶《きおく》に残《のこ》りぬ――
F――といふ看護婦《かんごふ》の手《て》の
冷《つめ》たさなども。

134

✣「新日本」7月号に拠る。
❈（一行目）(悲) いつとなく記憶《きおく》に
❈（二行目）(悲) Fといふ
❈（三行目）(悲) つめたさ

○

はづれまで一度《いちど》行《ゆ》きたしと
思《おも》ひゐし、
かの病院《びやうゐん》の長廊下《ながらうか》かな。

135

✣「新日本」7月号に拠る。
❈（一行目）㊀悲 ゆきたしと
❈（二行目）㊀悲 思《おも》ひゐし

○

起《お》きてみて、
また直《す》ぐ寝《ね》たくなる時《とき》の
力《ちから》なき眼《め》に愛《め》でしチユリツプ！

136

✣「新日本」7月号に拠る。

○

堅《かた》く握《にぎ》るだけの力《ちから》も無《な》くなりし、
痩《や》せし我《わ》が手《て》の
いとほしさかな。

137

○

わが病《やまひ》の
その因《よ》るところ深《ふか》く且《か》つ遠《とほ》きを思《おも》ふ。
目《め》を閉《と》ぢて思《おも》ふ。

138

✣「新日本」7月号に拠る。
❈（一行目）(悲) 無《な》くなりし
❈（二行目）(悲) やせし我《わ》が手《て》

✣「新日本」7月号に拠る。
✣〈ところ〉「新日本」は「所」だが採らず。
❈（三行目）(悲) 目をとぢて

○

139

かなしくも、
病癒《やまひい》ゆるを願《ねが》はざる心我《こころわれ》に在《あ》り。
何《なに》の心《こころ》ぞ。

✣「新日本」7月号に拠る。
❈（二行目）(悲) 病《やまひ》いゆるを
❈（三行目）(悲) 何《なん》の心

○

140

新《あたら》しき身体《からだ》を欲《ほ》しと思《おも》ひけり、
手術《しゆじゆつ》の傷《きず》の
痕《あと》を撫《な》でつつ。

✣「新日本」7月号に拠る。
✣〈手術〉
腹膜炎の手術。
❈（一行目）(悲) 新《あたら》しきからだ
❈（二行目）(悲) 傷《きづ》

○

薬《くすり》のむことを忘《わす》るるを、
それとなく、
たのしみに思《おも》ふ長病《ながやまひ》かな。

141

○

ボロオヂンといふ露西亜名《ろしあな》が、
何故《なぜ》ともなく、
幾度《いくど》も思《おも》ひ出《だ》さるる日《ひ》なり。

142

✣〈ボロオヂン〉クロポトキンが地下活動していたときの変名。

○

いつとなく我《われ》に歩《あゆ》み寄《よ》り、
手《て》を握《にぎ》り、
またいつとなく去《さ》りゆく人人《ひとびと》！

143

✣「新日本」7月号に拠る。
※（一行目）(悲) あゆみ寄《よ》り、

○

友《とも》も、妻《つま》も、かなしと思《おも》ふらし――
病《や》みても猶《なほ》、
革命《かくめい》のこと口《くち》に絶《た》たねば。

144

※（一行目）(悲) 友《とも》も妻《つま》も

○

やや遠《とほ》きものに思《おも》ひし
テロリストの悲《かな》しき心《こころ》も――
近《ちか》づく日《ひ》のあり。

145

✣〈テロリスト〉宮下太吉、管野須賀子、新村忠雄ら。幸徳事件で処刑。

○

かかる目《め》に
すでに幾度《いくたび》会《あ》へることぞ！
成《な》るがままに成《な》れと今《いま》は思《おも》ふなり。

146

○

月《つき》に三十円《ゑん》もあれば、田舎《ゐなか》にては
楽《らく》に暮《く》せると——
ひよつと思《おも》へる。

147

❖（一行目）(悲) 田舎《ゐなか》にては、

○

今日《けふ》もまた胸《むね》に痛《いた》みあり。
死《し》ぬならば、
ふるさとに行《ゆ》きて死《し》なむと思《おも》ふ。

148

✣「新日本」7月号に拠る。

○
いつしかに夏《なつ》となれりけり。
病《や》みあがりの目《め》にこころよき
雨《あめ》の明《あか》るさ！

*149*

✣「新日本」7月号に拠る。
✣〈こころよき〉
底本は「こ、ろよき」。
❈（二行目）(悲) やみあがり

○
病《や》みて四月《よつき》——
そのときどきに変《かは》りたる
薬《くすり》の味《あぢ》もなつかしきかな。

*150*

✣「新日本」7月号に拠る。
❈（一行目）(悲) 四月《ぐわつ》——
❈（三行目）(悲) くすりの味《あぢ》

○

病《や》みて四月《よつき》——
その間《ま》にも、猶《なほ》、目《め》に見《み》えて、
わが子《こ》の背丈《せたけ》のびしかなしみ。

151

○

すこやかに、
背丈《せたけ》のびゆく子《こ》を見《み》つつ、
われの日毎《ひごと》にさびしきは何《な》ぞ。

152

151〜160は6月15日(推定)の作。

❈(一行目)悲　四月《ぐわつ》——

○
まくら辺《べ》に子《こ》を坐《すわ》らせて、
まじまじとその顔《かほ》を見《み》れば、
逃《に》げてゆきしかな。

○
いつも、子《こ》を
うるさきものと思《おも》ひゐし間《あひだ》に、
その子《こ》、五歳《いつつ》になれり。

*153*

❈（一行目）悲 坐《すは》

*154*

❈（一行目）悲 いつも子《こ》を
❈（二行目）悲 うるさきものに
❈（三行目）悲 五歳《さい》

○

その親《おや》にも、
親《おや》の親《おや》にも似《に》るなかれ——
かく汝《な》が父《ちち》は思《おも》へるぞ、子《こ》よ。

155

○

かなしきは、
（われもしかりき）
叱《しか》れども、打《う》てども泣《な》かぬ児《こ》の心《こころ》なる。

156

○

「労働者《らうどうしや》」「革命《かくめい》」などといふ言葉《ことば》を
聞《き》きおぼえたる
五歳《いつつ》の子《こ》かな。

157

※（一行目）㊚ などいふ

○

時《とき》として、
あらん限《かぎ》りの声《こゑ》を出《だ》し、
唱歌《しやうか》をうたふ子《こ》をほめてみる。

158

※（三行目）㊚ 五歳《さい》

○

何《なに》思《おも》ひけむ——
玩具《おもちゃ》をすてて、おとなしく、
わが側《そば》に来《き》て子《こ》の坐《すわ》りたる。

159

※（二行目）(悲) すてておとなしく、

○

お菓子《くわし》貰《もら》ふ時《とき》も忘《わす》れて、
二階《かい》より
町《まち》の往来《ゆきき》を眺《なが》むる子《こ》かな。

160

※（二行目）(悲) 二階《にかい》より、

○

新《あたら》しきインクの匂《にほ》ひ、
目《め》に沁《し》むもかなしや。
いつか庭《には》の青《あを》めり。

161

○

ひとところ、畳《たたみ》を見《み》つめてありし間《ま》の
その思《おも》ひを、
妻《つま》よ、語《かた》れといふか。

162

161〜175は6月下旬の作。

❈(二行目)㊣ 沁《し》む

○

あの年《とし》のゆく春《はる》のころ、
眼《め》をやみてかけし黒《くろ》眼《め》鏡《がね》――
こはしやしにけむ。

163

○

薬《くすり》のむことを忘《わす》れて、
ひさしぶりに、
母《はは》に叱《しか》られしをうれしと思《おも》へる。

164

✣〈黒眼鏡――〉
底本は「黒眼鏡、――」。

○

枕辺《まくらべ》の障子《しやうじ》あけさせて、
空《そら》を見《み》る癖《くせ》もつけるかな――
長《なが》き病《やまひ》に。

165

○

おとなしき家畜《かちく》のごとき
心《こころ》となる、
熱《ねつ》やや高《たか》き日《ひ》のたよりなさ。

166

○
何《なに》か、かう、書《か》いてみたくなりて、
ペンを取《と》りぬ――
花活《はないけ》の花《はな》あたらしき朝《あさ》。

167

○
放《はな》たれし女《をんな》のごとく、
わが妻《つま》の振舞《ふるま》ふ日《ひ》なり。
ダリヤを見入《みい》る。

168

○
あてのなき金《かね》などを待《ま》つ思《おも》ひかな。
寐《ね》つ、起《お》きつして、
今日《けふ》も暮《くら》したり。

169

○
何《なに》もかもいやになりゆく
この気持《きもち》よ。
思《おも》ひ出《だ》しては煙草《たばこ》を吸《す》ふなり。

170

※（一行目）㊡あてもなき

○

或《あ》る市《まち》にゐし頃《ころ》の事《こと》として、
友《とも》の語《かた》る
恋《こひ》がたりに嘘《うそ》の交《まじ》るかなしさ。

171

○

ひさしぶりに、
ふと声《こゑ》を出《だ》して笑《わら》ひてみぬ——
蝿《はへ》の両手《りやうて》を揉《も》むが可笑《をか》しさに。

172

※（三行目）㊫ 蝿《はひ》

○

胸《むね》いたむ日《ひ》のかなしみも、
かをりよき煙草《たばこ》の如《ごと》く、
棄《す》てがたきかな。

173

○

何《なに》か一つ騒《さわ》ぎを起《おこ》してみたかりし、
先刻《さつき》の我《われ》を
いとしと思《おも》へる。

174

○

五歳《いつつ》になる子《こ》に、何故《なぜ》ともなく、
ソニヤといふ露西亜名《ろしあな》をつけて、
呼《よ》びてはよろこぶ。

175

✣〈ソニヤ〉ロシア皇帝アレクサンドル二世暗殺を指揮したソフィア・ペローフスカヤの愛称。
※（一行目）㊔悲 五歳《さい》

✣ 上一首分空白。

# 八月

○

解《と》けがたき、
不和《ふわ》のあひだに身《み》を処《しよ》して、
ひとりかなしく今日《けふ》も怒《いか》れり。

176

○

猫《ねこ》を飼《か》はば、
その猫《ねこ》がまた争《あらそ》ひの種《たね》となるらむ。
かなしきわが家《いへ》。

177

176～192は8月21日の作。この17首の表記については本書解説四のB（115～116頁）参照。

176 ❈（一行目）(悲) 解《と》けがたき

177 ❈（二行目）(悲) 種《たね》となるらむ、

○

俺《おれ》ひとり下宿屋《げしゆくや》にやりてくれぬかと、
今日《けふ》も、あやふく、
言《い》ひ出《い》でしかな。

178

❈（二行目）㊣悲 今日《けふ》もあやふく、

○

ある日《ひ》、ふと、やまひを忘《わす》れ、
牛《うし》の啼《な》く真似《まね》をしてみぬ――
妻子《つまこ》の留守《るす》に。

179

✣〈ふと〉「詩歌」九月号では「不圖」（解説・本書116頁参照）。
❈（二行目）㊣悲 みぬ、――

○

かなしきはわが父《ちち》！
今日《けふ》も新聞《しんぶん》を読《よ》み飽《あ》きて、
庭《には》に小蟻《こあり》と遊《あそ》べり。

180

※（一行目）(悲) 我《わ》が父《ちち》

○

ただ一人《ひとり》の
をとこの子《こ》なる我《われ》はかく育《そだ》てり。
父母《ちちはは》も悲《かな》しかるらむ。

181

✣〈育てり〉「詩歌」九月号では「育　り」。

✣〈悲しかるらむ〉「詩歌」九月号では「悲しからむ」

※（三行目）(悲) 父母《ふぼ》

○

茶《ちや》まで断《た》ちて、
わが平復《へいふく》を祈《いの》りたまふ
母《はは》の今日《けふ》また何《なに》か怒《いか》れる。

182

○

今日《けふ》ひよつと近所《きんじよ》の子等《こら》と遊《あそ》びたくなり、
呼《よ》べど来《きた》らず。
心《こころ》むづかし。

183

✣〈近所〉「詩歌」九月号では「近處」。啄木の慣用に従った。

❈（三行目）（悲）こころ

○

やまひ癒《い》えず、
死《し》なず、
日毎《ひごと》に心《こころ》のみ険《けは》しくなれる七八月《ななやつき》かな。

184

❈（三行目）(悲) こころのみ

○

買《か》ひおきし、
薬《くすり》尽《つ》きたる朝《あさ》に来《き》し
友《とも》のなさけの為替《かはせ》のかなしさ。

185

✣〈友〉宮崎郁雨。
❈（一行目）(悲) 買《か》ひおきし
❈（二行目）(悲) つきたる

○

児《こ》を叱《しか》れば、
泣《な》いて、寐入《ねい》りぬ。
口《くち》すこしあけし寐顔《ねがほ》に触《さは》りてみるかな。

186

❖（二行目）㊡ 寝入《ねい》り
❖（三行目）㊡ 寝顔《ねがほ》

○

何《なに》がなしに、
肺《はい》が小《ちひ》さくなれる如《ごと》く思《おも》ひて起《お》きぬ――
秋近《あきちか》き朝《あさ》。

187

❖（一行目）㊡ 何《なに》がなしに

○

秋近《あきちか》し！
電燈《でんとう》の球《たま》のぬくもりの
触《さは》れば指《ゆび》の皮膚《ひふ》に親《した》しき。

188

❖〈電燈の球〉久堅町の家には8月16日から電気がついた。

○

昼寝《ひるね》せし児《こ》の枕辺《まくらべ》に、
人形《にんぎやう》を買《か》ひ来《き》て飾《かざ》り、
ひとり楽《たの》しむ。

189

❖（一行目）悲 ひる寝《ね》

❖（二行目）悲 人形《にんげう》

○

クリストを人《ひと》なりと言《い》へば、
いもうとの眼《め》が、かなしくも、
我《われ》をあはれむ。

190

○

椽先《えんさき》に枕出《まくらだ》させて、
ひさしぶりに、
ゆふべの空《そら》に親《した》しめるかな。

191

✣〈クリスト〉　キリスト。「詩歌」九月号では「基督」。
❈（一行目）㊀悲 いへば、
❈（二行目）悲 妹《いもうと》の眼《め》がかなしくも、

○

庭《には》のそとを白《しろ》き犬《いぬ》ゆけり。
ふり向《む》きて、
犬《いぬ》を飼《か》はむと妻《つま》にはかれる。

○

大跨《おほまた》に椽側《えんがは》を歩《ある》けば、

192

※（二行目）㊟ふりむき

✣この一行で、啄木は歌をやめた。

（補遺）

193

呼吸《いき》すれば、
胸《むね》の中《なか》にて鳴《な》る音《おと》あり。
凩《こがらし》よりもさびしきその音《おと》！

○

194

眼《め》閉《と》づれど
心《こころ》にうかぶ何《なに》もなし。
さびしくもまた眼《め》をあけるかな

193、194は明治45年2月18日前後の作。

193 ❈（二行目）㊖ 胸《むね》の中《うち》

194 ❈（一行目）㊖ 眼《め》閉《と》づれど、
❈（三行目）㊖ さびしくも、また、眼《め》をあけるかな。

# 【解説】 悲しき玩具

近藤典彦

## 土岐哀果編『悲しき玩具』の問題点と本書の意義

凡例で述べたように、啄木のノート「一握の砂以後（四十三年十一月末より）」が、第二歌集『悲しき玩具』の底本である。

『悲しき玩具』の出版に至る生なましく悲しい事情は、土岐哀果の『悲しき玩具』編集後記に明らかである。

ところで、編集者土岐哀果が『悲しき玩具』の底本とした、ノート形式の歌集「一握の砂以後」は従来「歌稿ノート」と呼ばれてきた。

しかし下書きの歌（歌稿）を集めたノートではなく、手許の歌稿を推敲して一往の決定稿とし、見開き左側に四首ずつ編集したノート形式の歌集なのである。（ノートの見開き右側は全ページ空白で、後日の再編集のために設けたものと思われる。）

土岐の編集した『悲しき玩具』は刊行後百年、いくつかの重要な問題点を含み続けて今日に至っている。問題点は以下の五点である。

一、『悲しき玩具』冒頭の二首は、明治四五年二月一八日前後の作であり、末期に近い啄木最後の歌である。いわば「白鳥の歌」である。これを冒頭に編集したのは、土岐の重大なミスである。このことはもう一つのミスにつながった。

大室精一はノート歌集（以下「底本」と記す）の見開き左側に四首ずつという記載方式に、第二歌集における啄木の「四首単位」の編集意識を読み取った（「佐野短期大学研究紀要」２００６・３）。卓見である。

この卓見にしたがうなら、第二歌集は啄木が配列したとおりの四首単位で編集するのが、啄木死後における編集の基本方針であるべきだった。『悲しき玩具』を上梓するに当たって東雲堂の西村陽吉か土岐哀果が『一握の砂』と同様の一ページ二首・見開き四首の編集を考えた。そしてそれを実行した。

惜しいかな、土岐が白鳥の歌二首を冒頭に持って来たために、「四首単位」中の後半二首が次々と次ページにずれこんで行き、啄木の「四首単位」の編集という企図は最初から最後まで完全に壊れてしまった。

二、土岐のこの編集はもう一つの問題を孕んでいた。底本の三行書きは『一握の砂』のそれを飛躍的に発展させている。句点・読点・ダッシュ・感嘆符等が多用されるのである。『一握の砂』ではこれらは一切無かった。しかもノートの表記は大きく二つに分かれる。一一二首目まではすべて三行書きだが、行の頭はそろっている（これを第一次表記と呼ぶことにしよう）。ところが一一三首目以降は三行中の一行または二行の頭を一字下げる表記に発展する（第二次表記）。（この表記は土岐哀果が明治四三年一一月から実行し始めているものであり、啄木がこのたび哀果に倣って取り入れたのである。）

白鳥の歌二首には当然第二次表記が用いられている。しかし土岐がこれを冒頭に持って来たために、『悲しき玩具』は、第二次表記（二首）→第一次表記（一一二首）→第二次表記（八〇首）となってしまい、二分されるべき表記が乱された。

三、底本には啄木自身が「一握の砂以後（四十三年十一月末より）」と題しており、土岐もこの題を第二歌集に用いようとした。しかし東雲堂がそれでは『一握の砂』と紛らわしくて困るというので、土岐が「悲しき玩具」と題した。これは啄木の第二歌論「歌のいろ〳〵(四)」から取ったもので、啄木の深く鋭い現状認識とそれに対応する短歌観を表しており、啄木晩年最高の理解者の一人土岐ならではの命名であった。しかし白鳥の歌二首を冒頭に持って来たために「悲しき玩具」という題は、啄木がこの言葉に托した内容を離れてしまい、不治の病床に伏す啄木の悲しい玩《おも》具《ちゃ》、といった意味合いに化してしまった。

四、底本と『悲しき玩具』の本文には重要な違いが二点ある。

これら二点とそれにともなう校訂は以下のようである。

A. 底本では「ねる」の漢字に「寐」を当てる場合が一九例あるが、「寝」は一例しかない。にもかかわらず『悲しき玩具』ではすべてに「寝」を当てている。

『角川大字源』等の「同訓異義」によると、「寐(び)」は「ねいる」、「寝(しん)」は「ねどこにはいる」の意味である。啄木は『一握の砂』でこの二字を厳密に使い分けている。たとえば、「夜寝ても口笛吹きぬ／口笛は／十五の我の歌にしありけり」「伴なりしかの代議士(の)／口あける青き寐顔を／かなしと思ひき」。前者は「寝床に入っても」

の意味、後者は「ねいっている顔」の意味である。底本の「寐」は原則として「寐」にもどしてある。歌の味わいがどれほど大きく変わるか、「寐」の字が現れるごとに「寝」であった場合と比較して鑑賞されたい。

参考までに例を挙げておこう。「「氷嚢の下より／まなこを光らせて、／■寐られぬ夜は人をにくめる。」(114)「眠れぬ夜は」の意味であるから「寐」である。「寝」だと「寝床に入れない夜は」の意味も生ずる。「眠られぬ癖のかなしさよ！／すこしでも／眠気がさせば、うろたへて寝る」(75)。底本ではこれが唯一の「寝」の例である。「うろたへて」寝床に入る、のである。

ところで、啄木は「ねだい」(ベッド)の漢字には「寐台」を当てている(87、97、100)。「ねるための台」の主目的が眠ることにあると考えれば「寐台」、横になっていることと考えれば「寝台」であろう。ちなみに当時の辞典『大言海』と『辞林』の見出し「ねだい」の漢字表記は「寐台」であり、『ことはの泉』のそれは「寝台」である。

啄木はノート歌集では「寐台」で統一しているのだが、明治四四年二月二四日に地方同人誌「野より」に送った自筆原稿では「寝台」と明記している(97、100)。この二首は「寝台」を採った。

B. 底本にはノート歌集「一握の砂以後」を用いたのだが、やっかいな問題が最後に生じた。底本最後の一七首（176〜192）は啄木自身が書いたものではないのである。「明治四十四年当用日記」八月二一日の記述に「歌十七首を作つて夜『詩歌』の前田夕暮に送る」とある。（これが「詩歌」九月号に載る。）啄木はこの一七首の歌稿を送稿後ノート歌集に記載しないでいたらしい。そして身心の非常に不調なある日（後述）、妹光子に歌稿の記載を依頼したのである。啄木の原稿の忠実な復元につとめてきた編者の方針がここにいたって頓挫してしまった。なぜなら筆記者が忠実に筆写していないからである。啄木がノート歌集では殆ど使わない変体仮名が二九箇所で使われている。これを復元するわけにはいかない。啄木はノート歌集で二三箇所の「こころ」のすべてで漢字「心」を使っている。しかし筆記者は二箇所ある「こころ」を「こゝろ」と記している。変体仮名だけでなく踊り字まで用いている。啄木は『一握の砂』では踊り字を全くつかわない。ノート歌集でもほとんど踊り字を使っていない。また啄木の筆記の傾向としてあまりあるいはほとんど使わない仮名表記「いひ・あき・あそべ」（→言ひ・飽き・遊べ）や漢字表記「我・我が」（→われ・わが）が見られる。これらは編者にとってとうてい従えない表記なのである。
そこで次善の方針として「詩歌」九月号の表記を主として用いることにした。これは原則として啄木自身の原稿に依っていると見なしうるからである。こちらにも問題はある。啄木は「ふと驚きぬ」などの「ふと」は『一握の砂』・ノート歌集の一一例すべてで「ふと」を用いている。しかし「詩歌」では「不圖」である。これは「ふと」に替えた。そのほかにもいくつかの校訂を行った（当該脚注参照）。

五、『悲しき玩具』のルビは土岐哀果がふったと思われるが、少なからぬ誤りがあり、気づいた限りのすべてを正した。
まず、歌の韻律や意味にかかわる特に重要な誤り（以下の一二カ所）を訂正した。（↓の前が土岐哀果編『悲しき玩具』のルビ、後ろが本書で訂正したルビである。数字は歌番号。）

10・何《なん》となく↓何《なに》となく　36・何《なん》となく↓何《なに》となく
45・何《なん》となく↓何《なに》となく　74・八年前《ぜん》↓八年前《まへ》
93・室《へや》↓室《しつ》　107・何《なん》となく↓何《なに》となく
150・四月《ぐわつ》↓四月《よつき》　151・四月《ぐわつ》↓四月《よつき》
154・五歳《さい》↓五歳《いつつ》　157・五歳《さい》↓五歳《いつつ》

175・五歳《さい》→五歳《いつつ》　181・父母《ふぼ》→父母《ちちはは》

以上の訂正には資料的根拠がある。

次に121番歌の「金側《きんかわ》の時計《ときい》」。これはルビの誤植と判断し、→金側《きんがは》の時計《とけい》、とあらためた。

その他『悲しき玩具』の明白な誤植（句読点、ルビ等に関する）は、底本と国語辞典にもとづいて適宜あらためた。

実は最大の難問が残っている。白鳥の歌一首目のルビの問題である。まず啄木の原稿を示そう。ルビも啄木自身のものである。

呼吸すれば、
胸の中にて鳴《な》る音あり。
凩《こがらし》よりもさびしきその音！

土岐哀果は総ルビを実行していたので、次のようにルビを補った。「呼吸《いき》」「胸《むね》の中《うち》」「音《おと》」「音《おと》」である。

今から一五年ほど前のことだが、啄木の病気を克明に調べていた群馬大学学生柳澤有一郎君が「胸《むね》の中《なか》」とふることも考えられます、と言った。さらに埼玉大学大学院に進学後も考証をすすめ、「『胸の中』の『中』は『なか』と読む可能性が強そうである」と述べた。

柳澤君が提起した課題に結論を出しておきたい。

『一握の砂』には「中《なか》」または「なか」の用例が一七例、「中《うち》」が一例ある。前者一七例のうちから「人ごみの中」「雪のなか」「小説のなか」「生活のなか」「古文書のなか」といった、空洞的な空間および現実の空間ではない用例を除くと、八例が残る。

「父と母／壁のなかより杖つきて出づ」「電車の中の小男の」「頭のなかに崖ありて」「電車のなかに唾を吐く」「（朽木の）なかの蕈《たけ》の香り」「（森の）中に火や守りけむ」「あさ風が電車のなかに吹き入れし」「二尺ばかりの明るさの中」がそれである。

後者「うち」の例は「むやむやと／口の中《うち》にてたふとげの事を呟く／乞食もありき」のみである。この「口の中《うち》」は、舌が口腔《こうこう》の上部とわずかに離れたり付いたりする状態を表しているのであって、空洞状態の口腔を表しているのではない。前の八例とはこの点で異なる。

さて、掲出歌を訳すとこうなるであろう。

生きている証である呼吸をするたびに、胸の中でヒューヒューと鳴る音が聞こえる。凩よりもさびしいその音！

この歌の二行目「胸の中にて鳴《な》る音」は喘鳴《ぜんめい》であろう（柳澤有一郎「国

際啄木学会研究年報」2005・3)。「音」は三行目の凩の吹きすさぶ空間のイメージに重ねられており、胸の中にあたかも空洞があって、そこで鳴っているような、作者の感じ方を表している。ルビは前者の諸例にしたがって「中《なか》」でなければなるまい。こうしてこそ、三行目の作者の悲痛がより生々しくなる。

「むねのうち」は慣用句なので、「中《うち》」の方が歌の調子になじむと感じる向きもあろう。

しかし「胸の内」は「心の中」の意味であって、凩の吹きすさぶ空間のイメージに重なってゆくことは出来ない。

なお、啄木の小説断片「連想」(1908・11稿)に「胸の中《なか》では日に何回となく大著述を完成し……」とある。「なか」のルビは啄木自身がふったものである。

また「新小説」(1910・4)所載の小説「道」の末尾に「さう心の中《なか》に思つてみた」とある。

こうして「胸の中《うち》」と読むべき根拠はない。「胸の中《なか》」でなければならない。

以上一から五までの問題点を本書においては全面的に改め、啄木の意図したこと・意図したものを一層正確に実現するよう努めた。

## ノート形式の歌集

ノート歌集「一握の砂以後（四十三年十一月末より）」（底本）には、明治「四十三年十一月末より」明治四十四年八月二十一日作の歌まで計一九二首（および書きかけの一行）が収められている。

第二歌集を構想するにあたって、啄木は『一握の砂』とは違った作り方を考えたらしい。『一握の砂』の場合、基礎にしたのは何回かにわたって編集された「仕事の後」であったが、それらの編集においては常に歌稿ノート（明治四一年～四三年）が不可欠であった。編集しつつ歌稿を原稿用紙に書き写すのは大詰めの段階だったと推定される。

しかしその後方式が変わった。『一握の砂』の編集・創造時（明治四三年一〇月四日～一六日）のことである。この約一〇日間に啄木は二六〇首の歌を新作したが、うち歌稿が歌稿ノートに記入されているのは二〇首だけである。のこり二四〇首の名歌・秀歌の歌稿は現存しない。おそらく頭の中にできた歌は先ず原稿用紙に直接書かれ、それらは東雲堂に渡す『一握の砂』用の歌稿として（何度も！ 全体的に！ あるいは章ごとに！ 再編集しながらまた推敲も加えて）新しい原稿用紙に書き写された。原稿用紙に最初に書かれた歌稿はさらに雑誌寄稿用原稿の歌稿としても使われた後、処分されたのだと思われる。歌稿は一切現存しない。

そして「一握の砂以後（四十三年十一月末より）」にもこの方式が適用されたらしい。第二歌集では歌稿ノートは作らず、歌は原稿用紙（おそらく二百字詰）に記入し、それらの歌稿を基に四首単位に編集しては、ノートに記載する方式をとったと推定される。したがってこのノートは初めから手製の歌集＝ノート形式の歌集なのである。もちろん第二歌集出版に際しては、ノート歌集を基に最後の推敲・編集を施しつつ、新しく原稿用紙に書き写したうえで、出版社に渡すつもりだったであろう。

復刻版のノート歌集は最後の歌の記載されているページまでが五二葉、そのうしろの余白は一二葉、計六四葉の薄いものであるが、日本近代文学館所蔵のノート原本は計一八四葉の分厚いものである。これはざっと七〇〇首の記載が可能な厚さであり、啄木が第二歌集にかけた意気込みを示している。

さて、明治「四十三年十一月末」という時期は『一握の砂』の全原稿・藪野椋十序文の再校ゲラ・名取春仙の表紙絵等のすべてが東雲堂に渡ってしまった時期、を意味する。

## 『悲しき玩具』の成立過程

以下しばらく、「一握の砂以後」の歌々の作歌時期、その背景にある啄木の生活、文学上・思想上の営み等を見ておこう。鑑賞上の参考にされたい。（歌番号は、冒頭の二首を最後に回したので旧『悲しき玩具』より数字が二つ若くなっている。）

「途中にてふと気が変り」（*1*）〜「いつまでか、」（*42*）の歌々は、明治四三年一一月末から一二月半ばまでに作られたと推定される。勤め人の日常（出勤、サボり、家庭生活、夜勤帰り等）の歌から始まっている。来年正月の歌々（*33〜39*）も実はこの間に作られている。

この約半月も啄木は精力的に仕事をした。選者石川啄木の朝日歌壇は大盛況でほぼ連日東京朝日紙上を賑わした。一二月上旬、「幸徳等所謂無政府共産主義者の公判開始は」に始まる無題の評論を途中まで書いた。一〇日、一二日、一三日、一八日、二〇日には啄木の第二歌論「歌のいろ〱（一）〜（五）」を発表した。

しかしまもなく歌が作れなくなった。『一握の砂』が出版されたのは一二月初めであるが、次の描写（『石川啄木全集』第六巻三二四頁〜）は同じ一二月の中・下旬頃の啄木自身である。

今度の風邪《かぜ》は却々《なかなか》抜けなかつた。……

十日ばかりといふもの、咳をしながら焦々《いらいら》した不愉快な気持を抱いて過した。朝には左程《さほど》でもない頭が、夕方になつて勤め先の仕事の済む頃には、腐れかゝつた西瓜のやうに重かつた。余り咳が続いて出る為に、左の腹に懐中時計ほどの瘤《こぶ》が出来て、それを揉《も》んで散らさない事には身体を反《そ》らされないこともあつた。電車の中で二度ばかりもそんな日に逢つた。家《うち》に帰ると、家には又色々の用が待つてゐた。約束の期限が切れて催促を受けた原稿の、まだ書き上げかねてゐるのもあつた。殊に歌の原稿には弱つた。いくら努めて見ても、妙にふやけた頭からは一首の歌も浮んで来てくれなかつた。洟《はな》をかむと、洟が頭の中から流れて来るかのやうに厭な感じがした。

………

さうしてゐるうち間《うち》に、何時しか風邪が抜けかけて来た。或朝私は咳も洟も少くなつてゐるのを不思議に思つた。……「よし〳〵、今夜はうんと書いてやるぞ。」そんな風に思つて定めの時間に家《うち》を出た。

夕方に帰って来ると、咳はもう忘れたやうに出なくなつてゐた。が、頭だけは矢つ張り可《い》けなかつた。重いばかりでなく、少し疼《うづ》くやうでもあつた。耳の熱《ほて》つてゐるので上気してゐた事が解つた。出窓に出て冷たい風に当つてみたが、耳が冷えると共に却つて疼き方が強くなつた。「あ、今夜も駄目だ。」私は机の上の書きさしの原稿を横目に見やりながら、火鉢に手を翳《かざ》して凝然《ぢつ》としてゐた。

其処へ一人の友人が訪ねて来た。高商の専攻科で経済学の研究をしてゐる人で、私とは北海道の旅の間に相知つた。私は「やあ」と言つて迎へた。さうして自然のその声の、恰度《ちやうど》腹に一物《ぶつ》もなく餓《う》ゑた時に出るやうな力ない声であつた事に気が付いた。……

一〇月と一一月、啄木は『一握の砂』創造のために壮絶な仕事をした。出版直後の十日か半月近くはその精気を持続したが、とうとう精根尽きたらしい。北海道では、激流をものともせずに全力を尽くして遡上し、上流で産卵を終えるや、ウロコは剥がれ身は脂肪を失い、ぼろぼろになって流れに身を任せて下って行く鮭を「ほっちゃれ」という。この頃の啄木は「ほっちゃれ」のようだ。超人的な仕事で弱り切った啄木の体内では、今結核菌が猛威を振るっていると推定される。

そうして一九一〇年（明43）の大晦日を迎える。

ぢりぢりと、
蠟燭の燃えつくるごとく、
夜となりたる大晦日かな。　43

この43から48までの歌は、明治四四年正月（六日ころ）の作。
一九一一年（明44）になった。

過ぎゆける一年のつかれ出しものか、
元日といふに
うとうと眠し。　46

まだ心身の疲れは抜けないらしい。「精神修養」「早稲田文学」「秀才文壇」「創作」四誌の一月号に啄木の歌々が載る。「朝日歌壇　啄木選」の盛況といい雑誌からの注文の多さといい、啄木短歌は今順風満帆である。

正月三日、幸徳事件の法廷で年末一二月二七日に大弁論を展開した弁護士平出修と、与謝野家に年始の挨拶に行く。平出の家で幸徳事件の裁判に関する生々しい情報を聞く。東京朝日新聞社に出社し、鈴木文治（のちの大物労働運動家）と無政府主義に関する議論をする。この日から疲れも「風邪」の後遺症も吹っ飛んだらしい。

そして幸徳が獄中から弁護士に宛てた手紙を平出から借りてきて筆写す

る。

歴史の証言者石川啄木の活動が活発化する。

一月八日東京朝日新聞に「このごろ」八首が載る。「手を打ちて」(49)～「ひと晩に咲かせてみむと、」(66)は一月一七日に作られた。うち一六首に前作四首を合わせ二〇首を「創作」に送稿。

一月一三日土岐哀果と初対面、自宅に伴って歓談。文芸思想雑誌「樹木と果実」発刊を相談。

幸徳事件の影響の表れた歌(55、56)、議会を批判した歌(65)など思想家啄木の表出した作品が含まれている。一月一八日幸徳事件の被告たちに対し残忍苛酷な判決が下る。「あやまちて茶碗をこはし、」(67)～「名は何と言ひけむ。」(82)および(85)は一月二二日の作。(83)(84)は一月二八日か二九日の作。

この頃は「樹木と果実」発刊に向けて土岐・丸谷喜市・並木武雄らとの相談活発。

一月二四日幸徳秋水等に死刑執行。夜帰宅後「日本無政府主義者隠謀事件経過及附帯現象」をまとめる。

「生まれたといふ葉書みて、」と「そうれみろ、」(83、84)は金田一京助長女の誕生を祝う歌。

一月二九日、(1)〜(85)の全八五首の歌稿を推敲・編集して、ノート「一握の砂以後」(以下「ノート」と略記)に記載。

二月一日東大病院で診察してもらったところ「慢性腹膜炎」と診断される(症状・経過から見て現代の専門家は結核性腹膜炎であったと推定)。

二月三日若山牧水が啄木宅を初訪問。

二月四日施療患者(貧しくて入院費を払えない病人)として東大病院に入院。部屋は青山(胤通)内科の一八号室。結核病棟である。

博文館「文章世界」(田山花袋主筆。自然主義系の雑誌)から歌の注文を受けていたので作らねばならぬが、心身不調。手紙は書くが、読書も作歌もまったくその気が起きない(二月六日の日記)。二月七日は腹に孔を開けて二・七リットルもの黄色い液体を抜き取る手術。一〇日一一日も読む気力さえ湧かない。

そして一二日「また腹がふくれた」。しかし博文館という大出版社からの注文の歌は作らねばならない。そして「作った歌を文章世界と早稲田文学へ送った」。作った歌は一一首(86〜96)。うち一〇首を選び編集し「病院の夜」十首として「文章世界」へ。

残り一首「何となく自分をえらい人のやうに」(96)を前回のすなわち一

月二二日作の歌二一首に加え、「机の位置」（二二首）として「早稲田文学」へ原稿を書いた。このときノートの71番目にはすでに次の歌が記載されていた。

二三行なれど、
　自分の歌の事を賞めて書いてある
　古新聞かな。

啄木は突然この歌の作り換えを思いついたらしく、ノートに走り書きのようにアイディアを書きとめ、さらにその二行目に読点とダッシュをほどこして、「早稲田文学」向けの原稿に書き込んだ。そして送稿した。

古新聞！
　おや、此処におれの歌のことを賞めて書いてあり――
　二三行なれど。

したがって「早稲田文学」三月号所載のこの歌が決定稿なのである。本書の71番目にはこれを本文として採った。

二月一二日作の歌一一首は、右に見た入院・心身不調等の事情によって、原稿紙を用いた歌稿はつくらず、作品はノートへ直接記入したため、ノートが歌稿となった。

だから86〜96グループでは初めの方に来るべき、「病院に入りて初めての夜といふに」の歌（95）が後ろから二番目に来るなどの、不具合がある。ノート上での推敲が多いのも、同じ事情による。

『悲しき玩具』に特徴的な病床詠はこの（86）の歌からはじまる。

二月一三日「体重十一貫六百五十匁八分（内三百五匁九分は衣服、以後皆同じ）一週前に比し百瓦（二十六匁六）の増加」などと記す。衣服無しの体重は換算すると四二・五キロ。ちなみに啄木の身長は一五八センチ、健康時の体重は四五キロ。

妻子が、友人たちが、見舞いに来る。あちこちに手紙を書く。青山博士の回診で（慢性腹膜炎以外の）「余病がない」との診断があり、結核室をでて一二人もの患者のいる五号室にはいる。ちなみに青山胤通博士は当時の日本における内科学の権威である。その医者によって結核患者ではないと診断されたのである。

一七日、当時幸徳事件の余波を受けて国会は南北朝正閏問題で紛糾していたが、政府攻撃するはずの藤沢元造代議士が桂太郎に籠絡され、行方をくらました。啄木は藤沢に同情し、政府のやり方に憤慨する。

「ふくれたる腹を撫でつつ、」（97）～「何か一つ」（112）は二月一九日の作。すべて入院中の作品で、「創作」に送稿された。その全一六首は当日か翌二〇日にはノートに編集・記載された（推定）。

腹膜炎がようやく治ったように見えた二月二三日今度は胸膜炎の兆しが現れる。

二三日土岐がP・クロポトキンの自伝 *Memoirs of a Revolutionist*（一革命家の手記）（二巻、全約六〇〇ページ）を貸してくれた。

二四日すでにノートに記載された*86*〜*112*の歌から一二首を選び、これに新たに推敲もほどこし、岩手県の同人雑誌「曠野」と群馬県の同人雑誌「野より」に送稿した。「曠野」（3／20刊）には「健康を思ふ」と題し、「野より」（4／10刊）には「病気にかゝりて」と題して。両一二首は同一歌の同一配列で、題だけが異なる。


ここで、本書の本文校訂についてふれておきたい。

ノート記載の歌々の大部分は作者の最終推敲を経ているので、決定稿となる。これがノート「一握の砂以後」が『悲しき玩具』の底本たりうる根拠である。しかし「古新聞！」の歌の場合送稿時の二月一二日にノート上で推敲され、「早稲田文学」（三月号）への送稿用原稿にさらに若干の推敲がほどこされたのであった。そこでこれを本文として採ったのである。

同様のことが「曠野」と「野より」の場合にも起こる。両誌に送られた歌は送稿以前すでに推敲されノートに記載されていたのである。ところが啄木は送稿当日の二月二四日に、86〜96の歌の七首と97〜112の歌三首合わせて一〇首に推敲をほどこし、それから送稿した。したがってこの一〇首が最終推敲歌であり本文となる。もちろん本文と定めるにあたっては『一握の砂』の用字その他も参考とし、両雑誌編集者の力量その他も考慮した。

両誌と同様の事情にある雑誌は「新日本」七月号（後出）である。両誌と同様に校合して該当する歌を本文とした。（雑誌に拠って本文を定めた場合、本書ではすべて脚注に典拠を示した。）

さて、二月二四日は両誌に歌を推敲し、送稿した日であるが、クロポトキンの自伝を読み始めた日でもあった。「腹がだん〳〵邪魔にならなくなつた。」しかし翌二五日の「夜発熱終夜ほとんど眠らず」（日記）。今度は結核性胸膜炎でくるしむことになる。函館中央図書館所蔵の「明治四十四年当用日記」（カラーコピー）によると二五、二六、二七、二八日の日記は、あの読みやすく達筆な啄木の字ではない。幼稚園児のいたずら書きのようにのたくっている。判読が困難である。句点さえも打てない苦しみの中で書いている。

二月二十六日　雨
熱四十度、終日四十度を降らず
新聞を読むことまで禁ぜらる
昼ごろ土岐ハガキ百枚持ち来る
せつ子夜まで残る
飯をくはず
いやな天気なりき
夜氷嚢のお蔭にて眠る
二月二十七日　晴
三十九―三十八
どうも気分わるし　寝たまゝ動かず
並木来て驚けるにハガキ託してやる
二月二十八日
三十九―三十八
昨日も今日もせつ子毎日来てゐる、とまらぬだけ、
三月一日
熱下がらず、せつ子社にゆき金うけとりてくる

……

夜は氷嚢をあてゝわづかに眠るを例とす

三月二日

丸谷君来てくれぬ。郁雨に与ふの最後の一章　代筆して貰ふ

ようやく句点もある日記になった。しかし三月一日、二日の日記もひどく読みにくい。

三月三日

い〻お天気、お節句だといふに予の熱はまだ下がらない、せつ子が朝から来て夜の九時までゐてかへる。右の肋膜に水がたまつたといふことだ。

午後に佐藤さんが来て下すつた。そして鶯の話をして行つた

今夜はじめて氷嚢なしにて眠る

昔は胸膜のことを肋膜といった。「佐藤さん」は東京朝日新聞編集長の佐藤真一。

三月十日

午前に宮崎君から久しぶりに手紙とかねが二十円来た

小田島孤舟君からお見舞三円

午後か［ら］突然金田一君が来て長く遊んで行つた

三月十一日

十一時頃に佐藤さんが、社の皆からの見舞金八十円持つて来て下すつた

三月十二日

社へ礼状をかいて送つた。

それから久しく中絶してゐた歌壇の原稿も。

朝日歌壇は二月末をもってすでに打ち切られたようである。

三月十三日

熱は昨日も今日も七度台にゐる。今日から便所へあるいてゆくことにした。

……

医者に早く退院したいといふと、もう少し我慢したまへと言つた。

この日安藤正純（東京朝日新聞編集部次長・精神修養同人）からの手紙を受け取っている。おそらく歌の原稿依頼であろう。

三月一五日午後退院。

平復して退院したのではない。退院後も平癒することなく在宅療養生活がその死まで続くことになる。

三月一八日、「精神修養」四月号のために歌を一六首作り、うち一〇首を清書して夜精神修養社の百目木に渡した（推定）。

「ぢつとして寝ていらつしやいと、」（113）〜「氷嚢のとけて温めば、」（128）が三月一八日の作である。

「いつか、是非、出さんと思ふ本のこと、」（122）までが入院中の自分を歌い、「胸いたみ、」（123）以下「氷嚢のとけて温めば、」（128）までが在宅療養初めの日々の歌と考えられる。

これ以後六月初めまで啄木は歌を作らない。その間のかれを瞥見しておこう。

退院後も午後になると発熱する日がつづく。それでも月末ころから体調が比較的良好の日々が始まる。「樹木と果実」は印刷屋とトラブル続きで、四月一八日に発行を断念。二月三月そして四月一八日まで、啄木のエネルギーは闘病と「樹木と果実」発行をめぐって費やされた。

雑誌刊行を断念した啄木は、四月二〇日頃からであろうか、幸徳秋水・堺利彦らの出版物（週刊平民新聞など）を調査し、日本における社会主義運動の研究をはじめた。最初の成果がトルストイの日露戦争論筆写にあたってものしたまえがきである。約四千字の堂々たる非戦論の評論になっている。二四日からは週刊平民新聞にあるトルストイの長大な「日露戦争論」（約三万五千字！）を筆写しはじめる。五月二日筆写完了。「小説『墓場』に現れたる著者木下氏の思想と平民社一派の消息」（未完）を書いたのはおそらくこの直後であろう。

五月中旬になるとP・クロポトキンの*Memoirs of a Revolutionist*（一革命家の手記）を読了。さらに山川均「マルクスの『資本論』」、堺利彦「万国労働者同盟」、堺利彦「第七回万国社会党大会」を研究。どれも長大なものだが、啄木はこれらを精力的に清書した。日本の社会主義運動研究に次ぐ、西欧（つまり本場の）社会主義運動の研究である。

おそらくこうした研究成果の上に立っての事と思われるが、そして時期は五月下旬と推定されるが、「A LETTER FROM PRISON」を執筆。幸徳秋水が磯部四郎ら三弁護士に宛てた「獄中からの手紙」とそれへの啄木のコメントからなる貴重な記録・歴史的証言である。

そしてこれらの仕事が長詩「はてしなき議論の後」を醸してゆく。

こうして五月の啄木はきわめて精力的・生産的であった。これらの仕事は、朝平温、昼三七度三～四分、午後三七度六分、夜三七度三～四分という体調の下でなされた。

五月三一日「新日本」(冨山房)から短歌の原稿依頼がきた。おそらくその前に「文章世界」(博文館)からも注文が来ていた。荻原井泉水の「層雲」(層雲社)からはずいぶん前から原稿依頼があったとみえ催促が来た。「創作」からは長詩の依頼をすでに受けている。

六月は注文の多い月となった。これらの注文に応えるために五月三一日に啄木がまずやったのは、三月一八日に作った一六首の歌稿をノートに推敲・記載することであった。このとき表記に新しい試みがなされた。*1*〜*112*までの歌では行頭は揃っていた(これを第一次表記と呼ぼう)。

このたびの記載ではじめて、三行中の一行または二行の頭を一字下げる表記を採用した。第二次表記の開始である。

ちなみに行頭に上げ下げのある三行歌を創始したのは啄木ではなく土岐哀果である。土岐は一九一〇年(明43)の「創作」一一月号に「書斎と市街」三五首を載せた時、すでにこの斬新な三行書きを実践している(ただし土岐の三行書きには啄木のように明確な目的・目標がない)。

六月一日、まず注文数の多い「新日本」のための歌を作った(二六首)。そして遅くとも翌日にはその歌稿を推敲して、ノートに記載を終えたと思われる。

いま、夢に閑古鳥を聞けり。 129
閑古鳥を忘れざりしが
かなしくあるかな。

からはじまり

病みて四月—— 150
そのときどきに変りたる
薬の味もなつかしきかな。

にいたる二二首がそれである。

病気の小康状態によって充実した仕事ができた五月、その気分をひいている六月初めの作ゆえ、入院時のことや病気を詠んでも、どこか明るさを伴っている。

また、五月の思想上の仕事、幸徳事件関係の仕事を反映して和歌の世界では未曾有の材料が詠まれる。

ボロオヂンといふ露西亜名が、 142
何故ともなく、
幾度も思ひ出さるる日なり。

「ボロオヂン」とは、クロポトキンがチャイコーフスキイ団の秘密活動の一環として労働者の中で活動していたときの変名。今年一月啄木が「平民（労働者）の中に行きたい」言っていたことを思うと、「ボロオヂン」がそれを実行していた事を知って、どんなに感動したか想像に難くない。しかもクロポトキンの日本における継承者が幸徳秋水なのである。

　友も、妻も、かなしと思ふらし――　*144*
　　病みても猶、
　　革命のこと口に断たねば。

「友」は丸谷喜市であろう。丸谷との思想的交流の濃密さは、あらためて研究されてしかるべきである。間もなく「はてしなき議論の後」の中に形象化されるであろう。

　やや遠きものに思ひし
　テロリストの悲しき心も――　*145*
　　近づく日のあり。

「テロリスト」は幸徳事件の宮下太吉、管野須賀子、新村忠雄ら、そしてクロポトキンが親しかったロシアのソフィア・ペローフスカヤ（皇帝アレクサンドルⅡ世暗殺を指揮した女性）たち。

　半月後の長詩「はてしなき議論の後」の世界が、すでにこれらの歌にかたどられている。

さて、啄木としては「文章世界」分も作ってしまいたかったであろうが、妻節子との諍《いさか》いがおき短歌の仕事は中断される。

節子のもとに実家から手紙が来て（五月三〇日）、盛岡の家は売り払って函館に行くとの知らせがあった。なんとしても帰宅させたい堀合家と帰りたい節子、帰れば妻が東京にもどってこないことを怖れる啄木との間にやがて深刻な紛糾が起こる。

啄木は左の胸が痛み出した。今度は乾性胸膜炎である。「ひどい時は夜一夜冷水湿布をやつて眠らずにしまつた」ほど痛んだ。

堀合家をも巻き込んだ妻との諍いは数日かかって一往治まったようだが、乾性肋膜炎の痛みは一二、三日頃までつづいた。

「創作」七月号が啄木の長詩のために巻頭一〇ページほどを空けて待っている。だから「新日本」・「文章世界」七月号へはその前（六月前半）に送稿しなければならない。「層雲」は七月一〇日刊であるから、そちらの送稿は下旬で間に合う。

かくて六月一四日、啄木は短歌の仕事を再開する。「新日本」のための歌はすでに二二首つくってある。そのうち一九首を選びこれに三月に作ったうちから七首選んで、計二六首。これらはノートに記載して寝かせてあった歌なので、啄木は多くの歌に推敲をほどこし、即日送稿したと推定される。したがって『悲しき玩具』の本文は原則として推敲を経た「新日本」の歌々に拠る。

同じ一四日か翌一五日に「文章世界」への一〇首を制作。編集してすぐさま送稿されたことであろう。その後に推敲（漢字と仮名を変換するなど）してノートに編集・記載したと見なされる。したがって本文はノートに拠る。*151*〜*160*の歌がそれである。

病みて四月——
　その間にも、猶、目に見えて、
　わが子の背丈のびしかなしみ。　*151*

「労働者」「革命」などといふ言葉を
　聞きおぼえたる
　五歳の子かな。　*157*

お菓子貰ふ時も忘れて、　*160*

二階より
　町の往来を眺むる子かな。

二日間の奮闘後の一五日夜には長詩の制作に入り、二〇日ころには「はてしなき議論の後」（一～六）を完成して「創作」（東雲堂書店）に送った。これは処刑された幸徳事件の被告たちを讃え、強権を告発するという真におそるべきモチーフを潜めた長詩である。

送稿を終えると間を置かずに短歌一五首を作って、うち一一首を「層雲」に送った。一五首は推敲をほどこした後ノートに編集・記載された。本文はノートに拠る。

「新しきインクの匂ひ、」（*161*）～「五歳になる子に、何故ともなく、」（*175*）がこの時（六月下旬）の作である。

六月下旬、未完のノート詩集「呼子と口笛」を編む。全八編のうちの六編は、長詩「はてしなき議論の後」（一～六）を六つの独立した詩編に分解し、タイトルを付したもの。第七編目が「家」、第八編目の「飛行機」は啄木の絶唱となった。

「呼子と口笛」は、政治的・社会的思想の明確でかつ情緒の美にも富んだ表現という観点から見るなら、明治以来大正・昭和を経て現在に至るまで、百年余りの日本自由詩の歴史において、実際のところあまり類例がないほど貴重な達成だったと言っていい。これは大岡信の評価である（岩波文庫『啄木詩集』「解説」）

七月、短歌雑誌「創作」巻頭に「はてしなき議論の後」（一〜六）が載る。青年詩人石川啄木の最高の勇気・最上の英知・詩的天才とによって創り出された、しかも検閲・発禁をみごとに潜り抜けた空前絶後の詩編ある。

五月六月小康状態を利用してあまりに仕事をしすぎた。七月三日三八度余の発熱。結核性胸膜炎（今度はこれまでと反対の左側）である。一二日には四〇度三分の高熱。「爾来一昨日（二〇日）まで昼夜殆ど間断なく氷嚢をつけて暮らし」た。二一日には「夕方に八度三分になつた外朝も夜も七度五分位に落ちつく（佐藤真一宛書簡）。が、病床を離れることはできない。今度は節子の容態がよくない。肺尖カタル（肺尖部の結核性炎症）と診断される。母カツも心臓がわるく階段の上り下りも苦しい。床屋の二階は西日が射して病人たちを苦しめる。

八月七日本郷弓町二丁目新井方から小石川区久堅町七四番地に引っ越す。「門構へ、玄関の三畳、八畳、六畳、外に勝手。庭あり、附近に木多し。夜は立木の上にまともに月出でたり」と日記にある。盛岡磧《かわら》町の家以来のよい住環境である。家賃九円敷金二ヶ月分。郁雨の送金で引っ越せたのだ。ここが終焉の地となる。

八月一〇日、啄木から電報で呼び寄せられて、妹の光子が上京した。九月一四日名古屋に帰る日まで、身体不調の節子・カツに代わって炊事一切を任された。この間啄木・節子の病状は一進一退だったらしい。

八月二一日「解けがたき、」(176)～「庭のそとを白き犬ゆけり。」(192)の一七首を作り、前田夕暮主宰の「詩歌」(白日社)に送った。

九月一日「詩歌」九月号が届いた(推定)。

九月三日父一禎が家出。啄木眠れずそして発熱。この日から数日以内のことと思われる。啄木は歌稿を四首単位に割りあてて妹光子にノート記載を託した。この一七首がノート歌集(後の「悲しき玩具」(底本)最後の歌群である。

そして192番の

庭のそとを白き犬ゆけり。
ふりむきて、
犬を飼はむと妻にはかれる。

がノート歌集最後の短歌となる。

この次に「大跨に椽側を歩けば、」と一行書いたが、啄木はこの一行で書きさした。ノート歌集の一九二首はほとんどすべて雑誌の注文に応えるためのものであった。その多くは原稿料収入（家計補助）になった。一行書いたところで、もはや雑誌社からの注文もないであろうと思ったのであろうか。

光子滞在中に重大事件が立てつづけに起こった。九月三日前述のように父一禎が一家の窮迫を見かねて家出した。そして一〇日ころ節子と宮崎郁雨の恋愛関係が発覚する。ふたりが男女の究極の関係にまで進んでいたことは確実である。これまでもふたりの関係を疑っていたが、郁雨を信じようと努めてきた啄木にとって、親友の裏切りは（そして妻の離反は）致命的な打撃となった。

この打撃が啄木から作歌の気力を最終的に奪い去ったらしい。以後ノート歌集を満たしてゆこうとはしなかった。（作ったのは翌年岩崎正あて年賀状に添えた一行書きの一首と「白鳥の歌」二首のみである。）

一一月「平信」という評論で「この島国の子供騙しの迷信と、底の見え透いた偽善……」と書く。明治憲法下天皇制の最深部を貫く批判である。

一九一二年（明45）一月二日東京市電労働者のストライキに深い関心を寄せ、新しい時代の到来・大正デモクラシー運動の高揚を予見する。

二月中旬土岐哀果から『黄昏に』（東雲堂書店、一九一二年二月一八日刊）を贈られた。扉の次の一枚には「この小著の一冊をとつて、友、石川啄木の卓上におく。」と印刷されている。日記をつけることもできない啄木が親友の歌集を読んで最後の創作意欲をかすかにかき立てられた。そこで作ったのが「白鳥の歌」二首であった。（したがって作歌は二月一八日前後と推定される。）

呼吸すれば、
胸の中にて鳴《な》る音あり。
凩《こがらし》よりもさびしきその音！

眼閉づれど
心にうかぶ何もなし。
さびしくもまた眼をあけるかな

二月二〇日「日記をつけなかつた事十二日に及んだ。その間私は毎日毎日熱のために苦しめられたゐた。」にはじまる最後の日記を書き始める。自分の病状、窮迫した家計をつづり、「母の容態は昨今少し可いやうに見える。然し食慾は減じた。」で終わる。

三月七日母カツ死去。

三月二一日、ペンを執れない啄木は丸谷喜市に代筆してもらって妹光子に手紙を出す。母の死因が肺結核であったこと、母の末期のこと、葬式のこと。これが啄木最後の作品となる。

四月九日、啄木の依頼を受けて土岐哀果が東雲堂と交渉。ノート「一握の砂以後（四十三年十一月末より）」を渡して二〇円の稿料を受け取り、早速啄木に届けた。

四月一三日、石川啄木死去。死因は結核症による全身衰弱。享年満二六歳。

## 歌集の性格・特徴

『一握の砂』は啄木二六年の生涯中の約二四年間を凝縮した歌集であった。したがってそこにうたわれた内容の豊かさはそのまま啄木の人生の豊かさを反映している。

これに比べると「一握の砂以後（四十三年十一月末より）」すなわち『悲しき玩具』は、見てきたとおり明治四三年一一月末から四四年八月二一日までの間に作られたのであり、その九ヶ月弱の生活が反映しているにすぎない。しかも九ヶ月弱のうち、不治の病でたおれるまでが二ヶ月余、たおれて以後が六ヶ月余である。こういう生活を反映する歌々であるから『一握の砂』の魅力に及ばないのは致し方ないであろう。

しかし、勤め人の日常（たとえば出勤、サボり、夜勤＝残業帰り等）の歌、また勤め人の家庭生活（大晦日、正月、飲酒等）の歌、もっとも多いし印象的でもある病臥の歌、医療労働者としての看護婦をうたう歌、革命やテロリストを思う歌、そして数え五歳《いつつ》（満四年半）の愛児京子をうたう父親としての歌、妻をまた夫婦の関係をうたう歌、母と妻の葛藤をうたう歌等々は『一握の砂』にはほとんどなかったものである。

短歌の世界にこうした日常生活詠を創り出したのはおそらく啄木の功績であろう。次に引くのは芥川龍之介の「文芸的な、余りに文芸的な」の一節である。

日本の詩人たちは現世の人々にパルナス（文芸の世界。ここでは「文壇」の意―引用者）の外にゐると思はれてゐる。その理由の一半は現世の人々の鑑賞眼が詩歌に及ばないことも数へられるであらう。しかし又一つには詩歌は畢《つひ》に散文のやうに僕等の全生活感情を盛り難いことにもよる訣《わけ》である。……しかし詩人たちは、――たとへば現世の歌人たちもかう云ふ試みをしてゐないことはない。その最も著しい例は「悲しき玩具」の歌人石川啄木が僕等に残した仕事である。

さて、『悲しき玩具』において成し遂げられた歌人啄木最大の業績は、『一握の砂』で試みた短歌の破壊と創造を、ほとんど極限まで推し進めたことであろう。

次に引くのは「短歌」（角川書店、二〇一〇年一二月）に載せた小文の全体である。（年月日等をめぐる表記をすこし改めてある）。

## 短歌在来の格調を破れり　――啄木三行書きの意義――

啄木は『一握の砂』（東雲堂書店、明治四十三年十二月一日発行）においてなぜ全短歌五五一首を三行書きにしたのか。

啄木三行書き短歌をめぐる論考は少なくない。管見に入った文献だけでも四七編ある。中には、折口信夫「この集のすゑに」（『海やまのあひだ』跋、1925）、土岐善麿「短歌機構論」（『短歌講座』第四巻、改造社、1932）、吉田精一「短歌における造型と韻律」（「短歌研究」1953・1）、大室精一「啄木短歌の形成（1）――『一握の砂』の音数律について――」（「佐野国際情報短期大学研究紀要」第8号、1997・3）、高淑玲「啄木の三行書き短歌の形式とリズム」（「安田女子大学大学院文学研究科紀要」第6集、2001・3?）など卓論も少なくない。

しかし、啄木自身の語る三行書きの意義に注目し考察した人は誰もいない。

小論「啄木短歌三行書き序論」（「新日本歌人」２００４・４）で初めてその考察が行われた。本稿は小論主旨にその後の考察の若干を加えたものである。

一九一〇年（明43）一〇月二三日、吉野章三あて書簡のなかで啄木はこう言っている。（今度の歌集は）「『一握の砂』と題して来月上旬東雲堂より発刊致すべく、一首を三行に書くといふ小生一流のやり方にて**（現在の歌の調子を破るため）**……」と。

また、「明治四十四年当用日記補遺」の「前年（四十三）中重要記事」の中にも以下の記述が見える。「十二月――初旬『一握の砂』の製本成る。……一首を三行として**短歌在来の格調を破れり。**」と。（太字による強調―引用者。以下同じ）

短歌の三行書きがなぜ「小生一流のやり方」なのか、土岐哀果という先行者がいるではないか。またなぜ短歌を三行書きにすることが「現在の歌の調子を破る」こと・「短歌在来の格調を破」ることなのか。

土岐との関係の考察は前掲小論にゆずり、「現在の歌の調子」「短歌在来の格調」とは何を指すのか、これを調べてみよう。石川啄木は最初の歌論「一利己主義者と友人との対話」でこう述べる（その前に七五調や五七調のことも話題にのぼっている）。

　のみならず、五も七も更に二とか三とか四とかにまだまだ分解することが出来る。歌の調子はまだまだ複雑になりうる余地がある。昔は何時の間にか五七五、七七と二行に書くことになつてゐたのを、明治になつてから一本に書くことになつた。今度はあれを壊すんだね。歌には一首一首 各《おのおの》異つた調子がある筈だから、一首一首別なわけ方で何行かに書くことにするんだね。

「歌の調子」というとき啄木は、いわゆる上の句、下の句の間に多少の小休止をおく七五調が「昔」から短歌の支配的な調子となっていたと言う。七五調は別の表現をすれば、五七五／七七という二行歌だというのである。おそらく五七調の歌は五七／五七七という二行歌と認識されていたのであろう。

　それが明治になって、活字印刷の導入により一行書き表記となった。しかし歌の内部では相変わらず七五調が支配している（副次的には五七調が）。啄木は三行書きによってこうした「現在の歌の調子」「短歌在来の格調」を破壊しようとする。「三」行で書くと言うことは「二」行で書く調子（つまり五七五／七七と五七／五七七）を全て壊してしまう（**無くしてしまう**）ことを意味する。

なぜなら、啄木にとって一行目と二行目の**行末は小休止**を意味するのだから。たとえば

砂山の砂に腹這ひ
初恋の
いたみを遠く思ひ出づる日

は、「腹這ひ」で切り、「初恋の」で切るのであるから、決して七五調または五七調でつまり二行で、読むことは出来ないのである。五七／五／七七と読め、これが**読者に対する啄木の要求**である。

こうして「現在の歌の調子」「短歌在来の格調」の「破壊」は同時に新しい多彩な調子の「創造」でもある。

高淑玲（前掲）によると、三行書きによって啄木が生み出した形式は基本的には六つ（五七／五七／七、五七五／七／七等々）、そのうちの四形式では行末の七音を三音と四音に分解し、次行に三音または四音を送ることでさらに八形式を生み出した（たとえば五七五／四／三七など）。

後者の一例。

真白なる大根の根の肥ゆる頃
うまれて

やがて死にし児のあり

大室の研究（前掲）によると、『一握の砂』全五五一首中字余りを含む歌は二一九首。実に約四〇％の高率である。（そのうち三三首は定型であった歌を『一握の砂』に三行歌として編集するにあたり字余り歌へと推敲したのである。）この二一九首を調べるといっそう多くの形式が派生してくるであろう。が、未調査である。

さて、吉田精一（前掲）はかつて竹内敏雄の説を引いてこう言う。「短歌のリズムは、明確なセジュールによって区分されて断続しつつ進行するのではなく、むしろ不断にうねりをうつて流動するやうな趣きを呈する」と。

竹内・吉田説に従うなら、『一握の砂』の三行歌はもはや短歌ではなく三行詩と言うことになるであろう。

しかし啄木が作ったのは短歌であり、しかる後にその短歌作品に内在する「短歌在来の格調」を三行書きに拠って破ったのである。「在来の格調を破」られた短歌は短歌でありつつ、詩になったのである。こうして啄木は嘗て存在しなかった三行歌＝三行詩を創造した。

その行分けは無造作のように見えるが、『あこがれ』・「呼子と口笛」の詩人石川啄木のセンスと技巧が行き亘っている。

このような作品は短歌と詩と双方において一家をなした希有の天才(啄木の外に北原白秋がいるのみ)によってしか生み出し得ないものらしい(白秋は歌を「詩」にしようとはしなかったが)。

ここに、土岐の一定の成果を除くと、その後誰も三行歌に成功しなかった原因があるのだと思われる。

ついでに言う。啄木の父石川一禎は生涯に四千首近い歌を作った歌人でもあった。父の影響で啄木は幼児期から少年期にかけて和歌の韻律を摂取したと推定される。啄木三行歌は「在来の格調」を自在化した上での「くずし」なのである。在来の技法を若くして摂取した後「くずし」に入ったピカソを私は連想する。

第二歌集『悲しき玩具』では破壊と創造がいっそう進む。行の中に読点が入る、行末に句点・感嘆符・疑問符・ダッシュを用いる、三行中の一行または二行に一字サゲを施す。

古新聞!
おや、此処におれの歌のことを賞めて書いてあり――
二三行なれど。

(この歌は「六!/二、三九八――/八。」で短歌の絶対条件とも言うべき五音と七音がない！）

　　友も、妻も、かなしと思ふらし——

　　　病みても猶、

　　　革命のこと口に絶たねば。

（この歌は「三、三、九——／■六、／■七七。」なので三行目の七七で歌の調子がようやく表出する。）

　百年前に啄木三行書きの意義が正確に認識されたなら『一握の砂』の歌々でさえ短歌とは認定されなかったのではないか。まして右の二首などは。（だから今日まで、啄木短歌は「在来の格調」にもどして読まれてきたのである。）

〈付録〉

# 幻の歌集　仕事の後

編　近藤典彦
解説　近藤典彦

# まえがき

「仕事の後《のち》」は復元された幻の歌集である。この歌集の内容は春陽堂の関係者以外のどんな日本人も見たことがないはずである。

この歌集の原本は以下のような経緯で生まれた。

一九一〇年（明43）三月、啄木は新しい独特の短歌を作り始めた。それらを東京毎日新聞、東京朝日新聞に発表していった。新生の啄木短歌に注目したのは東京朝日新聞社会部長渋川柳次郎（藪野椋十）であった。四月二日啄木を呼んでかれの歌を大層褒め「出来るだけの便宜を与へるから、自己発展をやる手段を考へて来てくれ」と励ました。

啄木は一九〇八年（明41）六月以後一〇年四月八日までに作った歌をもとに歌集「仕事の後《のち》」（二五五首）を編み終えた。四月一一日のことであった。

春陽堂に売り込んだが売れなかった。

これが第一次「仕事の後」であり、『一握の砂』の第一次の原型でもある。（このあと八月三日—四日に「仕事の後」の第二次編集を行った。妻の第二子出産費用捻出の意味もあった。出産の近づいた一〇月四日第三次「仕事の後」の原稿を東雲堂書店に持ち込んだ。歌数は三七五首前後。二〇円で買い取られる事になった。この第三次「仕事の後」が「一握の砂」の第一次の原型である。）

さて本書で復元したのは第一次「仕事の後」である。もちろん原稿は存在しない。しかし手がかりはある。石川正雄が、現存する啄木の歌稿ノート四冊中の墨で描かれた大きな丸印が「仕事の後」収録歌を表す記号であると指摘したのである（石川正雄編『定本石川啄木全歌集』）。

その後藤沢全がその著『啄木哀果とその時代』において研究を進め、八割近くの復元に成功した。

本書は先行研究者二氏の成果を継承し、函館市中央図書館・函館啄木会の高配のもと資料（カラーコピー）精査の機会を得て復元したものである。もちろん啄木が二五五首をどのように配列したのかは全く分からない。したがって、本書では、分かる限りでではあるが、歌の制作順を基本に編集することにした。

その結果一九〇八年（明41）六月から一九一〇年（明43）四月までの啄木短歌の変遷・発展が手に取るように見えることになった。

復元された幻の啄木歌集を本書で堪能されたい。

二〇一七年一〇月

編者　近藤典彦

# 凡例

一、底本は以下のとおりである。

（ノートの標題は『石川啄木全集』第一巻〈筑摩書房〉にしたがう。）

1. 明治四十一年歌稿ノート「暇ナ時」
2. 明治四十一年作歌ノート
3. 明治四十二年作歌手帳
4. 「スバル」明治四三年五月号所載「莫復問《ばくふくもん》」
5. 「東京毎日新聞」明治四三年三月一〇日「手をとりし日」・一四日「風吹く日の歌」・二三日「薄れゆく日影」・二八日「春の霙」・四月四日「夜霧の街」・八日「柿の色づく頃」
6. 「東京朝日新聞」明治四三年三月一八・一九・二三・二五・二六・二七・二八・三〇日「曇れる日の歌（一）～（八）」、三一日・四月七日「眠る前の歌（一）～（二）」

ただし、具体的には以下のようである。

右記1は「石川啄木歌稿ノート暇ナ時複製版」（八木書店、一九五六年）を用いた。

右記2・3は前掲『定本 石川啄木全歌集』・『石川啄木全集』第一巻を参考にし、最後に函館市中央図書館で、原本カラーコピーによって精査・確認した。

右記4は臨川書店の複製版の当該号を用いた。

右記5・6は村上悦也・上田博・太田登編『近代文学初出復刻4 石川啄木集 歌集編』（和泉書院、一九八六年）を用いた。

二、復元は以下のようにおこなった。

1.「暇ナ時」からは、大きな墨の○を上に付してある歌をすべて選んだ。小計一一一首である。その外に△を付した歌が六首あるが、このうちからは後に『一握の砂』に推敲・編集された一首のみを選んだ。「人ひとり得るにすぎざることをもて大願とするあやまちは好し」がそれである。以上が「明治四十一年六月・七月」と「明治四十一年秋」の章に編集された（一九六ページ「埋れし玉の如くに人知れず思へるほどの安かりしかな」まで）。計一一二首。

2.「明治四十一年作歌ノート」からは、大きな墨の○を上に付してある歌二四首、この○に準じると見なしうるペンで描かれた○の歌四首を選んだ。その四首は「いろいろの形はあれどむつかしき我の心に似る雲はなし」（二〇二ページ）および「物思ふいとまだになき貧しさの我の恋こそ悲しかりけれ」（二〇三ページ）以下三首である。以上も「明治四十一年秋」の章に編集された。計二八首。

3.「明治四十二年作歌手帳」には大きな墨の○を付した歌が一〇首ある。まずこれらを選んだ。この年は外に歌稿ノートはない。しかし「スバル」五月号所載の「莫復問《ばくふくもん》」中にはのちに『一握の砂』に入れた歌が二八首ある。二八首すべてが「仕事の後」に採られたことはほぼ確実と判断した。うち三首はすでに「手帳」の方の墨○によって選ばれているから「莫復問」からは残り二五首を選んだ。計三五首。（ただし、このうち一首「一夜さに嵐来たりて」は明治四一年一一月一九日の作なので、「明治四十一年秋」の章に入れた〈二〇三ページ〉。また残り三四首については作歌の日付けは分かるので、それを考慮して編集した。）

4.「東京毎日新聞」「東京朝日新聞」の前掲一六日分の歌は八〇首すべてを選んだ。「仕事の後」の編集を終えた四月一一日に近接する、啄木最新の自信作群だからである。

5. 以上の合計が二五五首である。

三、本文は以下のようにして定めた。

1. 明治四一年の作品で初出誌がある場合。啄木が推敲をほどこしているものはこちらを本文とした。ただし「石破集」(「明星」七月号)は与謝野寛の手が加わっているので、歌稿ノート「暇ナ時」の方を重んじた(一六八～一七三ページ)。参照した主な初出誌は「明星」明治四一年七月号、八月号、九月号、終刊号(一一月号)、「春潮」一〇月号、「心の花」一二月号、「敷島」四二年一月号である。

2. 四二年の作品は「明治四十二年作歌手帳」が不備のため、多くの作品が「莫復問」の作品を本文とした。「明治四十二年作歌手帳」と「莫復問」(「スバル」四二年五月号)から直接とられたと推定される。参照した主な初出誌は「スバル」明治四二年二月号、五月号である。

3. 明治四三年分関係の歌稿ノートは存在しない。「東京毎日新聞」「東京朝日新聞」に拠りつつ本文を定めた。

4. ルビは初出誌紙、重出誌紙、『一握の砂』を参考にしてふった。

5．それらがなくて、ルビの必要を認めたものには、編者の責任においてルビをほどこした。

6．繰り返しの記号「〳〵」「々」「ヽ」は、主要初出誌と『一握の砂』ではほとんどあるいは全く用いられていない。これらの記号は使わないことにした。

四、編集は制作順を基本にした。「暇ナ時」「明治四十一年作歌ノート」「明治四十二年作歌手帳」による編集ではこの基本を守ったが、「莫復問」からの二五首は「莫復問」内の順にしたがい編集した。「東京毎日新聞」「東京朝日新聞」は掲載日付けの若い記事からとっていった。記事の中での順は守った。両新聞に同月同日に掲載された場合は「東京毎日新聞」の記事を先にした。

# 幻の歌集　仕事の後

明治四十一年六月・七月

半身に赤き痣《あざ》して蛇をかむ人ゆめにみて病おもりぬ

頬《ほ》につたふ涙のごはず一握《いちあく》の砂を示し人を忘れず

わが胸の底の底にて誰《た》ぞ一人物《ひとりもの》にかくれて潸々《さめざめ》と泣く

6月24日～7月23日の作。

✣〈おもりぬ〉重くなった。

✣〈のごはず〉拭ぐわず。

限りなく高く築ける灰色の壁に面《めん》して我一
人泣く

須臾《しゆゆ》にして颶風《ぐふう》収まり地に伏せる我ら二人
は何事もなし

己《おの》が名を仄《ほの》かによびて涙せし十四の春にか
へる術《すべ》なし

故《ふる》さとの君が垣根の忍冬《にんどう》の風をわすれて六《む》
年《とせ》経《へ》にけり

✣〈須臾にして〉しばらくして。
✣〈颶風〉強風。
✣〈忍冬〉スイカズラ。

東海の小島の磯の白砂にわれ泣きぬれて蟹《かに》と戯《たはむ》る

風すこし枝に騒げり老木《らうぼく》の檞《かしは》試みに一葉《いちゑふ》を投ぐ

わが父は何に怒《いか》るや大いなる青磁の瓶《かめ》を石《せき》上《じやう》に撃つ

今日九月九日の夜《よ》の九時をうつ鐘を合図《あひづ》に何か事あれ

✣〈檞〉柏に同じ。

茫然《ばうぜん》として見送りぬ天上をゆく一列の白き
鳥かげ

わが友は北の浜辺の砂山の浜薔薇《はまなす》の根に死
にてありにき

わがかぶる帽子の庇《ひさし》大空を覆ひて重し声も
出《い》でなく

炎天の下《もと》わが前を大いなる沓《くつ》ただ一つ牛の
如《ごと》行く

✣〈浜薔薇〉「暇ナ時」では浜茄子。

大木の枝ことごとくきりすてし後《のち》の姿の寂《さび》しきかなや

灯《ともし》なき室《しつ》に我あり父と母壁の中より杖つきて出《い》づ

故《ふる》さとの父の咳《せき》する度にわれかく咳《せき》すると病みてある床《とこ》

たはむれに母を背負ひてその余り軽《かろ》きに泣きて三歩あるかず

✣〈病みてある床〉底本に結句の「床」なし。初出誌より補った。

わが父が蠟燭《らふそく》をもて蚊をやくと一夜寝ざり
しこと夢となれ

ふと深き恐怖《おそれ》をおぼゆ今日我は泣かず笑は
ず窓をひらかず

『何を見てさはをののくや』『大いなる牛流《ながし》
眄《め》に我を見てゆく』

茫然《ばうぜん》と佇《たたず》む時に手を出して我を抱《いだ》けるおそ
ろしき杖

怒《いか》る時かならず一つ鉢を割り九百九十九割《くひやくくじふく》りて死なまし

大海《だいかい》にむかひて一人七八日《ななやうか》泣きなむとすと家《いへ》を出《い》でにき

草に臥《ね》て思ふことなしわが額《ぬか》に糞《ふん》して鳥は空に遊べり

直径《さしわたし》一里にあまる大太鼓つくりて打たむ事もなき日に

✣〈泣きなむとすと〉思いきり泣こうと思って。

✣〈一里〉約4キロメートル。

あな懶《もの》う倦《う》みぬうとまし百《もも》とせも眠りてしかるのちに覚めななむ

一塊《ひとくれ》の土に涙し泣く母の肖顔《にがほ》つくりぬかなしくもあるか

死になむと思ふ夕《ゆふべ》に故郷《ふるさと》の山の緑ぞ暗《やみ》にほの見ゆ

## 明治四十一年秋

百年《ももとせ》の深き眠りのさめしごと呿呻《あくび》してまし思ふことなしに

病む人も朱《あけ》の珠履《たまぐつ》塵はらひ庭に立たしき春の行く日に

われ饑《う》ゑてある日に細き尾をふりて饑《う》ゑて我見る犬の面《つら》よし

8月8日〜11月26日の作。

❖〈立たしき〉お立ちになった。

来《こ》む世には泣くといふことなき国に生れて
しがな我等二人は

人ひとり得るにすぎざることをもて大願と
するあやまちは好《よ》し

ふるさとの寺の御廊《みらう》に踏みにける小櫛《をぐし》の蝶
を夢に見しかな

かく許《ばか》り熱き涙は初恋の日にもありきと死
なまくも病む

❖〈生れてしがな〉生まれてきたい。

はたはたと黍《きび》の葉鳴れる故郷《ふるさと》の軒端《のきば》なつかし秋風吹けば

笑《ゑ》むといふはた泣くといふ幼児《をさなご》も知ることをもて恋ふるとせむや

月明《あか》き秋の海辺のしら砂に高く笑ひてかなしかりけり

その初め相見し庭の一本《ひともと》の桐を枯れざる樹とも呼びにき

愁ひ来て岡にのぼれば名も知らぬ鳥啄《ついば》めり
赤き茨《ばら》の実

春の雨三日《みか》ほど降りて萌《も》えいでし名もなき
草も紅く蕾《つぼ》みぬ

やごとなき髪のゆらぎに落ちにたる櫛《くし》踏み
折りし物懲《ものごり》もしき

今も猶《なほ》恋に死ぬ人ありかかる大事は史書に
記《き》すべかりける

✣〈やごとなき〉高貴な（方の）。
✣〈物懲も〉こりごりする失敗も。

月夜よしただ二柱《ふたはしら》神ありしその古《いにしへ》の静けさ
思ほゆ

美しきもの永久にありとせばかかる心も死
なざるものか

雨後の月ほどよく濡《ぬ》れし屋根瓦《がはら》そのところ
どころ輝くもよし

岩《いは》手《て》山《やま》秋はふもとの三方の野に満つる虫を
何ときくらむ

かかる事常にもがもな今日一日《ひとひ》為すことなしに心足らへる

その昔揺籃《ゆりかご》に寝てあまたたび夢に見し人か切《せち》になつかし

蟀《いとど》なくそのかたはらの石に踞《きよ》し泣き笑ひして一人《ひとり》物言ふ

すくなくも春さりくれば草も木も花咲くほどの心もて思ふ

✣〈もがもな〉
　であってほしいなあ。

✣〈あまたたび〉
　何度も。

✣〈蟀〉
　ここではコオロギ。

✣〈踞し〉
　こしかけ。

秋の声まづいちはやく耳に入《い》るかかる性《さが》も
つ悲《かな》しむべかり

いつしかに泣くといふこと忘れたるわれ泣
かしむる人のあらじか

来《こ》む世には霹靂神《はたたがみ》とも生れ来て心ゆくまで
鳴りて死になむ

神《かみ》寂《さ》びし七山《ななやま》の杉火のごとく染めて日入《い》り
ぬ静かなるかな

✣〈霹靂神〉はげしい雷。

風流男《みやびを》は今も昔も泡雪《あわゆき》の玉手《たまで》さし捲《ま》く夜《よ》に
し老ゆらし

水潦《みづたまり》暮れゆく空とくれなゐの紐《ひも》をうかべぬ
秋雨の後《のち》

夜《よ》をこめてかくも寝《ね》らえぬ心をば昔の人も
嘆きてありけり

二十三ああ我が来《こ》しは砂原か印《しる》しし足の跡
かたもなし

✣〈玉手さし捲く〉
（白い）美しい手をしっかり
絡める。

✣〈夜をこめてかくも寝らえぬ〉
（意訳）夜じゅうずっとこ
うも眠れない。

大いなる都の中に我ひとり為すこともなし
死なむと思ふ
汪然《わうぜん》としてああ酒の悲《かなし》みぞ我に来《きた》れる立ち
て舞ひなむ
物怨《ゑ》ずるそのやはらかき上目《うはめ》をば愛《め》づとこ
とさらつれなくせむや
春の雪はだらに残る山路《やまみち》を青幌《あをほろ》したる馬車
一つきぬ

✣〈汪然として〉
（意訳）あふれるように。

故もなき怒《いか》りをおぼゆかかること漸《やうや》く多し
怒《いか》り死なむぞ

月かげとわが悲《かなし》みとあめつちに遍《あまね》き秋の夜《よ》
となりにけり

秋の空廓寥《くわくれう》として影もなし覚めたる人の心
にも似て

壁よ壁汝《なんぢ》をうてばこつこつと何心なき音立
てにけり

✣〈月かげ〉
月の光。
✣〈遍き〉
広くすみずみまで行き渡る。
✣〈廓寥として〉
ひろびろとして寂しく。

かなしきは秋風ぞかし稀《まれ》にのみ湧《わ》きし涙の
繁《しじ》に流るる

❖〈繁に〉たえまなく。

かりそめに忘れても見まし石甃《いしだたみ》春生《お》ふる草
に埋《うも》るるがごと

かりそめに草の名ききし人ゆゑに今日も我
来《き》つここの草山《くさやま》

晩秋《ばんしう》の窓のもとにて向日葵《ひぐるま》の実《み》を噛《か》みくだ
き少女《をとめ》と語る

ふる郷《さと》の空《そら》遠みかも高き屋《や》に一人のぼりて
愁ひて下《くだ》る

❖〈遠みかも〉遠いからだろうかなあ。

試みにいとけなき日の我となり物言ひて見
む人あれと思ふ

❖〈いとけなき〉おさない。

秋の辻四すぢの路《みち》の三すぢへと吹きゆく風
のあと見えずかも

今日のみの春の日低しすこしだに早くな撞《つ》
きそ寺寺の鐘

皎《かう》として玉を欺く少人《せうじん》も秋来《く》といへば物を
しぞ思ふ

置《おき》洋燈《らむぷ》手を出し舌を出すとみてうたたねさ
めぬ夜《よ》ぞ更《ふ》けたんな

はてもなく砂うちつづく戈壁《ごび》の野に住み給《たま》
ふ神はおそろしくあらむ

久方の天《あめ》なる雲の白妙《しろたへ》の床《とこ》に誰《たれ》泣く秋風ふ
けり

❖〈皎として玉を欺く少人〉
（意訳）光るようで玉にも比べられるほど美しい若者。

❖〈更けたんな〉
（意訳）更けたようだ。

❖〈戈壁の野〉
ゴビ砂漠。

世の初め先づ森ありて半神《はんしん》の人そが中に火
や守りけむ

そを読めば愁《うれひ》知るといふ書《ふみ》焚《た》ける古人《いにしへびと》の心
よろしも

さらさらと雨落ち来《きた》り庭の面《も》の濡《ぬ》れゆくを
見て涙わすれぬ

草摺《くさずり》の衣よろしもうち繁る草に臥《ね》し日の心
おもほゆ

✣〈草摺〉くさずり染め。

わが為《な》さむこと世に尽きて長き日をかくし
もあはれものを思ふか

ものなべてうらはかなげに暮れゆきぬとり
あつめたる悲《かなし》みの日は

大方《おほかた》の物の嘆きは知りはてつ心今日より何
をまねばむ

朝霧の中飛ぶ鳥の影よりもややさやかにぞ
思ひなりぬる

✣〈なべて〉すべて。

いと高き窓に住まばや初雁《はつかり》のこゑをさやか
に先づ聞かむため

たやすくも思ひそめつれかにかくに別れ難《かた》
んず事もなげには

同じかることをおもはむ悲《かなし》みの尽きずもあ
れば泣くも泣かぬも

時雨《しぐれ》降る如《ごと》き音して木伝《こづた》ひぬ人によく似し
森の猿ども

✣〈かにかくに〉
いろいろと。
✣〈別れ難んず事もなげには〉
（意訳）別れる時のめんどう
もないかのように。

よよと泣くことしも知らでいつしかに年は
重ねぬ悲しと思ふ

秋立つは水にかも似る洗はれて思ひことご
と新らしくなる

父のごと秋は厳《いかめ》し母のごと秋はなつかし家
持たぬ子に

秋風は寝つつか聞かむ青に透《す》くかなしみの
珠《たま》を枕にはして

来るといふに先づぞ人をば驚かす秋は尊《たふと》し
予言者のごと

目になれし山にはあれど秋来れば神や住ま
むと畏《かしこ》みて見る

一片《いつぺん》の玉掌《て》におけば玲瓏《れいろう》として秋きたるそ
の光より

ふるさとの山を思へば一茎《ひとくき》の草の香さへも
親しまれつつ

✣〈玲瓏として〉澄んで美しく。

面白き芝居みにゆく心地して逢《あ》ひし日頃の夢にやはあらぬ

ポンプの水さと迸《ほとばし》る心地よさ暫《しば》しは若き心もて見ぬ

世にあれば古今《いにしへいま》を貫きて恋ふらくはよし生けるしるしに

昼の月大煙突ゆ渦巻ける煙の末に淡くかかれる

✣〈ポンプ〉
「水を、高く遠く噴出するやうに仕掛けたる道具」（『日本大辞典 ことはのいつみ』）。

✣〈恋ふらくは〉
恋することは。

✣〈大煙突ゆ〉
大煙突から。

秋くれば恋《こ》ふる心のいとまなさ夜もいねが
てに雁《かり》多く聴く

香油《かうゆ》盛《も》る玻璃《はり》のうつはに春の風吹けばさざ
波立つがほどにも

港町とろろと鳴きて輪をゐがく鳶《とび》を圧《あつ》せる
潮曇《しほぐも》りかな

その昔読みしことある小説に書かれし如《ごと》く
帰る路《みち》かな

✣〈いとまなさ〉止むひまのなさ（よ）。
✣〈いねがてに〉眠れないで。
✣〈玻璃〉水晶。

うら枯れてわびしくなれる前栽《せんざい》に時雨《しぐれ》の音
も添ふ頃《ころ》となりぬ

❖〈前栽〉
庭さきの植込み。

夜昼《よひる》なく胸の鳴る聞くかかるをかあはれま
ことに恋ふるといふらむ

埋《うづも》れし玉の如《ごと》くに人知れず思へるほどの安
かりしかな

摩合《すれあ》へる肩のひまよりはつかにも見きとい
ふさへ日記《にき》に残りぬ

❖〈はつかにも〉
わずかにも。

飴売《あめうり》のチヤルメラ聞けば失ひしをさなき心
拾へる如《ごと》し

小春日《こはるび》の曇硝子《くもりがらす》にうつりたる鳥影《とりかげ》を見てす
ずろに思ふ

銀杏《いてふ》の葉なかに埋《うも》れし黄楊櫛《つげぐし》も拾ひし日あ
る山に来てみぬ

見よげにも年賀の文《ふみ》を書く人と三歳《みとせ》ばかり
は思ひ過ぎにき

打見《うち》ては高低《たかひく》のなき地図のごと君のいふこと平らなるかな

五月雨《さつきあめ》逆反《さかぞ》りやすき弓のごとこの頃《ごろ》君のしたしまぬかな

冬は来ぬたとへば遠き旅人《たびびと》の故郷《ふるさと》に来て眠るごとくに

神無月《かみなづき》岩手の山の初雪の眉《まゆ》に迫りし朝を思ひぬ

思ふてふこといはぬ人の送り来《こ》し忘れな草
もいちじろきかな

道ばたに菫《すみれ》を多く見いでつつ歩む心地に御《み》
言葉《ことば》をきく

春の日を短かしとする大方《おほかた》の情をもてし君
をとどめぬ

投げやりし爆弾《はぜだま》の爆《は》ぜぬ如《ごと》くにも張合《はりあひ》ぬけ
し今年の秋かな

✤〈思ふてふ〉
思うという。
✤〈いちじろきかな〉
（思いが）はっきりしている
ことよ。

ぴすとるを内ふところに入れありく男をみればおそろしきかな

身ひけば頭《かしら》をもてく手をひけば体をもて来《く》をかしき君かな

つかれたる牛の涎《よだれ》はたらたらと千万年も尽きざる如《ごと》し

ふらふらと赤きゴム玉小春日《こはるび》の空にとぶ如《ごと》き思ひなるかな

ことことと羽目板を蹴《け》る真夜中の馬の灯《ひ》を
見るまなざしもよし

そのかごと少し心をさす針のにぶるをまち
て口づけしかな

せきあげて泣くことも知らずいつしかに大
人になりぬ悲しと思ふ

浪淘沙《らうたうさ》長くも声をふるはせて歌ふが如《ごと》くさ
すらひて来《き》ぬ

✣〈かごと〉恨みごと。

✣〈浪淘沙〉詞（漢詩の別体）の一調名。

いろいろの形はあれどむつかしき我の心に
似る雲はなし

赤煉瓦《あかれんぐわ》遠くつづける高塀《たかべい》のむらさきに見え
て春の日長し

何となく可笑《をかし》き日ありうつらうつら物忘れ
せし如《ごと》き心地に

鏡とり能《あた》ふかぎりのさまざまの顔をして見
ぬ泣き飽きし時

一夜《ひとよ》さに嵐来《きた》りて築きたるこの砂丘《すなやま》は何《なに》の
墓ぞも

物思ふいとまだになき貧しさの我の恋こそ
悲しかりけれ

窓にさす鳥影《とりかげ》よりも果敢《はか》なかることとのみ言
ふは怨《ゑん》ずべきかな

歌へるは誰《た》そや悲しきわが歌をすこし浮れ
し調子とりつつ

明治四十二年一月・四月

1月9日〜14日および
4月11日〜23日の作。

ひとならび泳げる如《ごと》き家家の高低《たかひく》の軒に冬
の日の舞ふ

大木の幹に耳あて小半晌《こはんどき》かたき皮をばむし
りてありき

✣〈小半晌〉
短い時間。かたとき。

いつしかに情《じやう》をいつはること知りぬ髭《ひげ》を立
てしもその頃《ころ》なりき

✣〈髭〉
底本は「髯（ほほひげ）であ
るが『一握の砂』に従って
髭（くちひげ）に改めた。

そことなく蜜柑《みかん》の皮の焼くる如《ごと》きにほひ残りて夕《ゆふべ》となりぬ

うら悲《がな》しき夜《よる》の物の音《ね》洩《も》れくるを拾ふが如《ごと》くさまよひ行《ゆ》きぬ

どこやらに杭《くひ》打つ音し大桶《おほをけ》をころがす音し雪降り出《い》でぬ

わが髭《ひげ》の下向《したむ》く癖がいきどほろしこの頃《ごろ》憎き男に似たれば

✣〈髭〉 前ページの注に同じ。
✣〈いきどほろし〉 腹立たしい。

いつも逢《あ》ふ赤き上衣《うはぎ》を着てあるく男のまな
ここのごろ気になる

くくと鳴る鳴皮《なりかは》入れし靴はけば蛙《かへる》をふむに
似て気味悪《わろ》し

家を出て野こえ山こえ海こえてあはれどこ
にか行《ゆ》かむと思ふ

君が眼は万年筆《まんねんぴつ》の仕掛《しかけ》にや絶えず涙を流し
て居給《ゐたま》ふ

ばらばらと釷丹《とたん》の屋根に雨来《きた》る傘《かさ》なき男駆《か》け出せ駆《か》け出せ

青草《あをぐさ》の土手に寝ころび楽隊《がくたい》の遠き響に眠たうなりぬ

いつなりしか今は忘れぬ手をとりて泣きしことありきおぼえ玉《たま》ふや

ほのかなる朽木《くちき》の香りそが中の蕈《たけ》の香りに秋やや深し

✣〈釷丹〉薄い鉄板を亜鉛でめっきしたもの。

快きあはれこの疲れ息もつかず仕事をした
る後《のち》のこの疲れ

森の奥より銃声《じゆうせい》聞こゆあはれあはれ自《みづか》ら死
ぬる音のよろしさ

いたく錆《さ》びしピストル出《い》でぬ砂丘《すなやま》の砂を指
もて掘りてありしに

なみだ涙その火の如《ごと》き涙もてあらひし心戯《おど》
けたくなりぬ

✣〈あはれ〉
ああ。

✣〈いたく〉
ひどく。

何となく汽車に乗りたく思ひしのみそれゆ
ゑ君をいざなひしのみ

空家《あきや》に入《い》り煙草《たばこ》のみたることありき孤《ひと》り在《あ》
りたき切《せつ》なる願ひに

尋常《じんじやう》の戯《おど》けならむやナイフ持ち死ぬ真似《まね》を
するその顔その顔

知らぬ家たたき起して逃げ来るが面白かり
し昔の恋しさ

✤〈いざなひし〉誘った。

呆《あき》れたる母の言葉に気がつけば茶碗《ちやわん》を箸《はし》も
て叩《たた》きてありき

愛犬の耳斬《き》りて見ぬ要するに物に倦《う》みたる
心なるらむ

❖〈斬りて〉きずつけて。

死にしとかこの頃《ごろ》聞きぬ恋がたき才ありあ
まる男なりしが

龍《りよう》の如《ごと》くむなしき空に躍《をど》り出《で》て消えゆく煙
見れば飽かなく

「さばかりの事に死ぬるや」「さばかりの事に生くるや」止《よ》せ止《よ》せ問答

よく笑ふ若き男の死にたらば少しこの世の淋《さび》しくなれかし

手が白く且《か》つ大《だい》なりき非凡なる人といはるる男に逢《あ》ひしに

こそこその話《はなし》がやがて高くなりピストル鳴りて人生終る

✣〈さばかりの〉それだけの。

不覚にも婚期を過ぎし妹の恋文《こひぶみ》めける文《ふみ》に
泣きたり

遠くより笛の音きこゆうなだれてありたる
故《ゆゑ》か涙の落ちぬ

古文書《こもんじょ》のなかに見出《みい》でし汚《よご》れたる吸取紙ぞ
尊《たふと》かりける

明治四十三年三月・四月

3月上旬〜4月上旬の作。

少年の軽《かろ》き心は我になしげにげに君の手とりし日より

✣〈げにげに〉なるほどなるほど。

泣きぬれし顔をよしと見《み》醜《みにく》しと見つつ三年《みとせ》も逢ひにけるかな

かしましき若き女の集会《あつまり》の声聞き倦《う》みてさびしくなりぬ

✣〈かしましき〉やかましい。

長く長く忘れし友にあふ如《ごと》き喜びをもて水
の音きく

君に逢《あ》ふこの二月《ふたつき》を何事か忘れし大事あり
しごとく思ふ

明日《あす》を思ふ心の勇み生涯の落着《おちつき》を思ふさび
しさに消ゆ

何時《いつ》になり何歳《いくつ》にならば忘れえむ今日もお
もひぬ故郷《ふるさと》のこと

道ゆけば若き女のあとおひて心われより逃げゆく日かな

遠近《をちこち》の林の上の煤煙《ばいえん》の春の雲めくきさらぎの午後

夷《なだら》かに麦の青める丘の根の畑の路《みち》の赤き小櫛《をぐし》かな

よごれたる煉瓦《れんぐわ》の壁に降りて溶《と》け降りては溶《と》くる春の雪かな

✣〈きさらぎ〉二月。

✣〈丘の根〉丘のふもと。

手にためし雪の溶《と》くるが心地よく我が寝飽《ねあ》きたる心には沁《し》む

哀れなる恋かなと独り呟《つぶや》きてやがて火鉢《ひばち》に炭《すみ》添へにけり

旅七日《なのか》帰り来《き》ぬればわが窓の赤きインキのしみもなつかし

浅草の夜《よ》の賑《にぎは》ひにまぎれ入《い》りまぎれ出《い》で来《き》しさびしき心

心よく人を讃《ほ》めて見たくなりにけり利己《りこ》の
心に倦《う》める淋《さび》しさ

それもよしこれもよしとてある人のその気
軽さを欲しくなりたり

時ありて子供のやうに戯《たはぶ》れす恋ある人のな
さぬ業《わざ》かな

非凡なる人の如《ごと》くにふるまへる昨日の我を
笑ふ悲しみ

大《おほ》いなる彼の身体《からだ》を憎しと思ふその前に行
きて物を言ふ時

移りゆく時の流行《はやり》のあとを追ふさびしさに
ゐて妻と諍《いさか》ふ

ただ軽《かろ》く笑ひ捨てたる其昔《そのかみ》の友の言葉の此《この》
頃《ごろ》身に沁《し》む

薄れゆく障子《しやうじ》の日影そを見つつ心いつしか
暗くなりたる

目さまして猶《なほ》起き出《い》でぬ児《こ》の癖は悲しき癖
ぞ母よ咎《とが》むな

語る毎《ごと》さびしくなりし独身《どくしん》の友も娶《めと》りぬ少
し安《やす》んず

秋風が電車の中に吹き入れし柳の一葉《ひとは》悲し
と思ふ

長き間《あひだ》我に敵なし敵恋し心やうやく弛《ゆる》みた
るかな

泣き飽きしありのすさびのうつけさは吸取
紙に目を吸はせけり

白壁にひたに寄り添ひ泣きてゐる隣りの家《うち》
の娘いたはし

今日もまた捨てどころなき心をば捨てむと
家《いへ》を出《い》でにけるかな

やはらかに積れる雪に熱《ほて》る頬《ほ》を埋《うづ》むる心地《ここち》
泣く人と寝る

✣〈ありのすさび〉することがなくなったとき。
✣〈うつけさ〉馬鹿さかげん。

鏡屋の前にいたりて驚きぬ見すぼらしげに
歩《あゆ》むものかも

おちつかぬ我が弟のこの頃《ごろ》の眼のうるみな
ど悲しかりけり

バルコンの欄干《てすり》に凭《よ》りて酸漿《ほほづき》を吹く娘あり
銀座の夕《ゆふべ》

毒のごと夜《よ》毎《ごと》呷《あふ》りし酒の味その善《よ》し悪《あ》しを
何日《いつ》か知りにき

朝朝のうがひの料《しろ》の水薬《すいやく》の瓶《びん》が冷たき秋と
なりにけり

父母《ちちはは》の老いし如《ごと》くに我も老いむ老《おい》は疎《うと》まし
それを思へば

夢さめてふつと悲しむ我が眠り昔の如《ごと》く安
からぬかな

降れや降れやあはれ時ならぬこの雪に古き
都を埋《うづ》めてしがな

✣〈時ならぬ〉 降りそうもない時節に降った。
✣〈埋めてしがな〉 埋めたいものだ。

人皆はおのづから老ゆ奈何《いかが》せむよろしく若
き今を遊ばむ

宰相《さいしやう》の馬車わが前を駆け去りぬ拾へる石を
濠《ほり》に投げ込む

よく怒《いか》る人にてありしが我が父は日頃《ひごろ》怒《いか》ら
ず怒《いか》れと思ふ

何時《いつ》見ても毛糸の玉をころがして靴下を編
む女なるかな

君来るといふに夙《と》く起き白シャツの袖《そで》のよ
ごれを気にする日かな

きらきらと硝子《がらす》の片《かけ》が眼を射《い》りぬ銀座の町
の夏の静けさ

いと暗き穴に心を吸はれゆく如《ごと》く思ひて眠
りには入《い》る

何処《どこ》やらに肺病患者の死ぬ如《ごと》き悩しさもて
春の霙《みぞれ》降る

✣〈夙く〉はやく。

田舎《ゐなか》めく旅の姿を三日《みか》ばかり都に曝《さら》し友の
帰りぬ

故郷《ふるさと》の訛《なまり》なつかし停車場《ていしやば》の人込《ひとご》みの中にそ
を聞きに行《ゆ》く

✣〈停車場〉ここでは上野駅。

新しき本を買ひ来《き》て読む夜半《よは》のその楽しさ
も長く忘れぬ

心よく我に働く仕事あれそれを仕遂《しと》げて死
なむと思ふ

樗《あふち》の木何《なん》の用をもなさぬ木に生《うま》るべかりき
少し口惜《くや》しき

心地よげに欠伸《あくび》してゐる人を見てつまらぬ
思ひ止《や》めにけるかな

故郷《ふるさと》のかの路傍《みちばた》の栗《くり》の木も今は大きくなり
にたるべし

長く長く忘れてありし故郷《ふるさと》を思ひ出《い》でたり
俄《にはか》になつかし

花咲かば楽《たのし》からむと思ひしに楽《たのし》くもなし花
は咲けども

青梅《あをうめ》の酸《す》ゆきを吸へば六月の酸《す》ゆき愁ひの
心には沁《し》む

涼しげに飾りたてたる硝子《がらす》屋の前に眺めし
夏の夜《よ》の月

亡くなりし師がその昔賜《たま》ひたる地理の本な
ど取り出《い》でて見る

✣〈賜ひたる〉
くださった。

六年《むとせ》ほど日毎日毎《ひごとひごと》にかぶりたる古き帽子の
捨てられぬかな

さびしさは色に餓《う》ゑたる目のゆゑと赤き花
など買はせけるかな

つくづくと我が手を見つつ思ひ出《い》でぬ手に
かかはらぬ古き事ども

窓硝子《がらす》塵《ちり》と雨とに曇りたる窓硝子《がらす》にも悲《かな》し
みはあり

目の前の菓子皿などをかりかりと噛《か》みたく
なりぬもどかしきかな

暁の街をあゆめば先んじて覚めたることも
さびしきものかな

うす暗《くら》き蔵のなかなど怖れたる幼さをもて
女を思ふ

しつとりと夜霧罩《こ》めしに気が付きぬ長くも
街にさまよひしかな

目さませば物の煮え立つ香《にほ》ひしぬとのみ思
ひてまたも眠りぬ

若さもて飛び立つ如《ごと》き心もて再び我に来《こ》よ
とし言ふや

忘れゐし女より来《こ》しさりげなき年賀の文《ふみ》の
なつかしさかな

瓦斯《がす》の火を半晌《はんとき》ばかりながめたり怒《いか》り少し
く和げるかな

親と子とはなればなれの心もて食卓に就《つ》く
気拙《きまづ》かりけり

うかれたる事もよしよし年《とし》とれば年《とし》に一日《ひとひ》
も浮かるる日なし

夏の日に蠟《らふ》の融《と》くるが如《ごと》くにも我が道念の
融けゆきしかな

いろいろの罎《びん》がつめたく列《なら》びたる酒場《さかば》の棚
の白き塵《ちり》かな

✣〈道念〉道徳の観念。

何処《いづく》にか行《ゆ》きたくなりぬ何処《いづこ》好《よ》けむ行《ゆ》くところなし今日も日暮《ひく》れぬ

悲しみに倦《う》みたる時に出《で》て歩く男に君は出《で》逢《あ》ひたるかな

書《ふみ》よめば書《ふみ》のなかより路《みち》ゆけば路《みち》の上より可笑《をかし》さ来《きた》る

褐色《かついろ》の皮の手袋脱ぐ時にふと君が手を思ひ出《で》にけり

✣〈好けむ〉好いだろう。

その年の柿《かき》の色づく頃《ころ》となり再び君が文《ふみ》の
来《こ》しかな

## 【解説】仕事の後

近藤典彦

「仕事の後」の成立事情およびこれが「幻の歌集」であるゆえんについては本書「まえがき」で触れた。

ここでは「仕事の後」に直接かかわる歌人石川啄木の誕生を見ておこう。

### 歌人啄木以前

啄木は幼少年期から、歌人でもある父一禎の薫陶を受けており、幼少にして短歌の韻律を肉体化したと推定される。

盛岡中学校四年生の冬には校内の短歌グループ白羊会の中心となり、岩手日報に白羊会詠草を連載するまでになっていた。

一九〇三年（明36）一二月には「明星」に啄木の詩「愁調」五編が載った。

詩人啄木が誕生した。ほとんど同時に啄木の歌の才能も新詩社内で高く評価され始めた。しかし詩人啄木が先に誕生したのである。

その後啄木の力点は詩に置かれた。歌に戻り始めるのは、北海道に渡って以後である（一九〇七年五月五日〜）。函館には歌の好きな才能のある新詩社系の友人たちが多く、その影響で啄木も作歌を再開したのである。以後小樽日報・釧路新聞で歌壇を設けるなど歌との関わりを保った。

一九〇八年（明41）四月末、創作に専心して作家になるべく上京した。妻子老母は函館の友人宮崎郁雨に預けてきた。一日も早く売れる小説を書かねばならなかった。

五月、ずいぶん書いたがよい作品はできなかった。釧路時代に啄木の「道念」はすっかりとろけていた。のちにこんな歌をつくったように。「夏の日に臘の融くるが如くにも我が道念の融けゆきしかな」

三年前に東京で知り合って以来文通を続けていた、若い美人の植木貞子と逢い、肉体関係を結んだのは五月の半ばだった。妻節子の上京も近いと思う啄木は女性があまりに積極的なのを持てあました。

ともかく六月上旬までがんばって書いたが結果は絶望的だった。貞子と手を切れぬまま、九州筑紫の女性菅原芳子に文通の形でちょっかいを出し始める。吉井勇と二人で、美しい女を見つけるとその後をつけて行くという「遊び」を覚えた。これを称して「すき歩き」。二人は今でいうストーカーまがいである。

焦燥と懊悩と自信喪失の啄木を下宿代請求の恐怖が追いつめる。

図式的に言えば、小説が書けない↓金が入らない↓下宿代が払えない↓食住が絶たれる↓まして家族を呼べない↓焦燥・懊悩・自信喪失↓ますます小説が書けない……。

この堂々めぐりがストレスを増幅する。貞子も芳子もすき歩きも溜まって行くストレスのはけ口ではある。ストレスは何らかの形で思いっきり吐き出されねばならない。

上京以来森鷗外宅での観潮楼歌会や与謝野家での新詩社歌会があって、短歌のセンスが刺戟され戻ってきた啄木にはこれが格好のはけ口となった。

## 歌人啄木誕生

さて、六月二三日も小説が書けない。

十時に起きて、小雨を犯して紫陽花と白い鉄砲百合を三十銭だけ買って来た。……花を新らしくした心地はよい。（日記）

この日にやったことも金田一京助とのおしゃべり、手紙書きなど。「外に貞子さんから今夜是非来てくれといふ葉書が来たが、行かなかつた。」おそらく貞子の母がいない日なのであろう。葉書に籠めた貞子の願いは見当がつく。啄木は記す。「恋をするなら、仄かな恋に限る。」そして散文詩「二人連《づれ》」「祖父」を作り、「一寸出て花瓶を一つ買つて来た」。ちょうどその留守に貞子が来た。まことに「恋をするなら、仄かな恋に限る」？

百合の花の香の仄かに籠つた室に寝る心安さ！　（日記）

小説を書けなくなって以来すでに一二日、逃避行動にうつつを抜かす啄木だが、今夜は仄かに百合の香につつまれながら「心安」く眠れるのであろうか。月末も近づいて来た。下宿代を請求される日も近い。

天才の不思議が起こる。百合の花の香につつまれて眠るはずだったこの夜、床に入ってから突然興が湧きあがって来た。一二時（二四日午前0時）ころから「こ志をれ」五首のつづきを作り始める。作り始めはなかなか調子が出なかったらしい。かなりの推敲を経て何とか得たのがつぎの一首だった。（歌稿にルビはほとんどない。近藤が必要と思われるルビをふった。）

石一つ落して聞きぬ千仞《せんじん》の谷轟々《ぐわうぐわう》と一山《いちざん》を撼《ゆ》る〈注〉（本稿末参照）

この一首に苦労したあと、一瀉《いっしゃ》千里の勢いを得たらしい。数字はこれ以後できた順を示す番号。

2. 人みなが怖れて覗《のぞ》く鉄門に我平然と馬駆りて入る
3. 我とわが愚を罵りて大盃に満を引くなる群を去りえず
4. つと来《きた》りつと去る誰《た》ぞと問ふまなし黒き衣《きぬ》着る覆面の人
5. 牛頭《ごづ》馬頭《めづ》のつどひて覗く大香炉中より一縷《いちる》白き煙す
6. 大海《だいかい》にうかべる白き水鳥の一羽は死なず幾千年も
7. 我常に思ふ世界の開発の第一日の曙の色
8. 西方《さいはう》の山のかなたに億兆の入日埋めし墓あるを思ふ

奇怪で異様な歌々である。啄木はここ一〇日以上そと見には脳天気に振る舞っていたが、内面のストレスは異常な態様であるらしい。小説が書けない苦しみだけがストレスの原因となっているのではない。書けないという事実の直視（つまり「天才」啄木の正体の直視）が怖くて逃げ回っているために、ストレスは闇雲な形を取る。このストレスを啄木は短歌の奔流として吐き出しはじめたのである。カタルシスが始まったのだ。奇怪な歌々は啄木のストレスの姿と考えると理解しやすい。

この時の啄木に関する福島章の分析は示唆に富む。「このときの啄木の精神状態」は「意識性や論理の支配する通常の状態ではなく、クリス流にいえば、自我の機能が一時的にかなり弱まって、イメージや象徴のレベルでものを考えていた〈創造的退行〉の状態にあった……。キュービー流に、心の働きが前意識体系に委ねられていた状態、といってもよい。発達的にいえば幼児の白昼夢の心性に似ている」のだと言う（『天才』）。

もっとも印象的で奇怪な歌をあと二首。

13. はてもなき曠野《くわうや》の草のただ中の髑髏《どくろ》を貫《ぬ》きて赤き百合咲く

16. 半身に赤き痣《あざ》して蛇をかむ人を見しより我はかく病む

二一首目には後の名歌が生まれる（「示せし」は二日後「示しし」に推敲）。

21. 頬につたふ涙のごはず一握の砂を示せし人を忘れず

三枝昻之はこの歌をめぐって次のように言う（『啄木――ふるさとの空遠みかも』）。

実作者の自分が連作を作るときの現場を重ねていえば、オーバーアクションの連続の中にふっと訪れたコーヒーブレイクの歌、と感じる。

……

ここでこの夜の啄木の歌を少々強引に図式化し、「演技過剰型の歌」と「自然体の歌」と、二分しておこう。みてきた歌の中では21だけが「自然体の歌」である。狂ったように歌に取り憑かれる歌漬けの日々の中で、ときおり訪れるこのような「自然体の歌」、コーヒーブレイクの歌が、やがて啄木の中心的な領域になる。

日記には「興が刻一刻に熾《さか》んになつて来て、遂々徹夜」とある。夜明け方の歌になって、こんな歌が生まれる。（「君が」は二日後に「已が」に改められる。）

51．君が名を仄《ほの》かによびて涙せし十四の春にかへるすべなし

53．故さとの君が垣根の忍冬《にんどう》の風をわすれて六年《むとせ》経にけり

三枝の解釈を参考にしつつ、啄木のこの時期この夜の精神状態を勘考すれば、ストレスを歌の形で相当吐き出すことに成功して、ストレス以前の啄木がふっと息を吹き返すのではなかろうか。そのとき21の歌がさらに51や53の歌が生まれたのであろう。

夜があけて、本妙寺の墓地を散歩して来た。たとへるものもなく心地がすがすがしい。興はまだつづいて、午前十一時頃まで作つたもの、昨夜百二十首の余。

墓地を散歩して来て「心地がすがすがしい」とは変なものだが、啄木の生まれ育ったのが宝徳寺であり、裏手に墓地があり、遊び場が寺の境内であったことを思えば、納得が行く。（現代でも横浜の外人墓地・雑司ヶ谷墓地・青山墓地などの見学希望者・訪問者は後を絶たない。）

むしろ「たとへるものもなく」という形容句の方が興味深い。作歌＝カタルシスの効用が絶大であることを示す。そしてそれは啄木と歌の新しい関係の誕生を示している。

散歩から帰って「午前十一時頃まで作つた」歌を見てみよう。初めの二首。

56．君が名を七度よべばありとある国内の鐘の一時《いちどき》に鳴る
57．天外に一鳥とべり辛うじて君より遁《のが》れ我は野を走《は》す

また「演技過剰型の歌」がはじまった。そして七～九首目。

62．野にさそひ眠るをまちて南風に君をやかむと火の石をきる
63．東海の小島の磯の白砂に我泣きぬれて蟹と戯る
64．青草の床ゆはるかに天空の日の蝕《しよく》を見て我が雲雀《ひばり》病む

先に福島章の分析を引いたが、当の文脈上では「東海の小島」の歌こそが分析の典型的な例として挙げられていたのである。この歌を作っている時の啄木にあっては、「東海」歌は62や64の歌と同次元なのである。三枝の「図式化」にはめるなら、「自然体の歌」というよりもむしろ「演技過剰型の歌」に入るだろう。

とは言え、『一握の砂』を代表する歌がここに生まれてしまったのである。すこしこの歌にとどまろう。

この歌の四首あとに

67．百万の屋根を一度に推しつぶす大いなる足頭上に来《きた》る

という歌が作られる。

啄木が盛岡中学時代に愛読した土井晩翠の第二詩集『暁鐘』（有千閣・佐養書店、一九〇一年五月）に「おほいなる手のかげ」がある。第二連のみを引くが全三連ともに三、四行の詩句は同一である。

百万の人家みなしづまり
煩悩のひゞき絶ゆるまよなか
見あぐる高き空の上に
おほいなる手の影あり。

掲出歌（67）には、この詩の影響がはっきりと見て取れる。「百万の屋根」と「百万の人家」、「大いなる足頭上に」と「上に／おほいなる手」。こうした晩翠の詩句とともに異様なイメージが呼び出される。「百万の屋根」といえば当時の東京市二つ分だろうか。それを「一度に推しつぶす」足！この足ゴジラの比ではない。

啄木について「頭が絶えずものすごい高速回転で回っている人です」と言ったのは井上ひさしであるが（「国文学 解釈と鑑賞」２００４・２）、上記の詩句の

影響関係は、この夜の啄木の頭脳も一首つくる度にイメージと言葉とを「ものすごい高速回転で」動員していたことを暗示している。「東海の小島」歌の場合にも言葉とイメージとが瞬時に総動員されていたであろうことは疑いない。

盛岡中学時代に真剣に読んだ高山樗牛「日蓮上人とは如何なる人ぞ」には、「東方の小国日本」「東海の仏子日蓮」などがあり、啄木羨望の詩集 *From the Eastern Sea*（ヨネノグチ）の日本語訳は『東海より』であるが、「東海」は日本を指す。啄木自身「東方海上の一島国」（古酒新酒）、「日本は……東海の一孤島」「大文明を東海の天に興す」（林中書）、などと使っている。これらに拠ると「東海の小島」は日本である。

しかし「磯」「砂」「蟹」となると別のイメージが動員されている。山本健吉が指摘・解説するように、函館時代の詩「蟹に」には次の詩句がある（『日本の詩歌 5 石川啄木』）。

東の海の砂浜の
かしこき蟹よ、今此処を

この砂浜のある海は青柳町の家からはちょうど東にあった。まさに「東の海」である。

啄木にあっては「磯」は波打ち際の意である。「特に岩や石が多い所」という限定はない。したがって詩中の「砂浜」は「磯」である。そして「蟹」。「磯の白砂に……蟹と」にはこうした海のイメージも動員されたことであろう。同時に青森出身の歌人川崎むつをが固執したように、啄木が少年時代に訪れた青森県大間のイメージなども動員されたかも知れない。「我泣きぬれて……戯る」にはまた別のイメージや体験が動員されたことであろう。

ただしこれらは考えて一つ一つ呼び出されたのではないであろう。一瞬のうちに動員され、即座に歌になったのであろう。

ここではこれ以上の解釈は措く。

さて、啄木のカタルシスはつづく。うち幾首か。

88．今日九月九日の夜の九時をうつ鐘を合図に何か事あれ

105．茫然として見送りぬ天上をゆく一列の白き鳥かげ

113．白馬にまたがりてゆく赤鬼の騎兵士官も恋せしあはれ

午前一一時頃歌の奔流は止まった。二四日午前0時ころからの約一一時間でつくったのは全部で一一三首であった。啄木はかぞえ違いしたのか、作ったのは「百二十首の余」と記した。

翌六月二五日。

豊後臼杵町の菅原芳子から絵葉書をもらう。寛に頼まれて「明星」四月号のために釧路にいて歌の選者をつとめたとき、啄木は菅原芳子の歌をもっとも厚遇した。その芳子から絵葉書が届いたのだ。貞子に辟易している今、こちらに啄木の関心が動き始める。

後藤宙外氏から、春陽堂が十年来の不景気のため稿料掲載日まで待つてくれといふ葉書！

当時は日露戦後恐慌の最中であった。だからこの「不景気」はただごとではない。雑誌に掲載するに値しない原稿に金を払う余裕などなくて当然だ。しかし啄木にとっては戦後恐慌も「不景気」もどうでもよい。これで今月の下宿代支払いのメドはなくなった。これこそ大問題だ。「！」が啄木のショックを表している。またしても強いストレスがかかった。小説が書けない。金が入らない。食住が絶たれる。家族を呼べない。堂々めぐりの懊悩がストレスを増幅する。

夕方に百合の花をまた買つて来て、白のうちに一本の赤を交へてたのしんだ。夜に金田一君と二人例の散歩。電柱の下に立つてゐた美人を見た。

昨夜と同じ精神状態になって来たらしい。

「すき歩き」から帰ってからだろう。また歌の奔流がはじまった。日記は記す。

頭がすつかり歌になつてゐる。何を見ても何を聞いても皆歌だ。

赤いインクをペンに付けて歌を記し始める（赤インクは冒頭六首まで）。うち最初の三首。

1. 風のごととらへがたなき少女子の心を射むとわれ弓をとる
2. 三百の職工は皆血を吐きぬ大炎熱の午後の一時に
3. 火をつくる大エンヂンのかたはらに若き男の屍《しかばね》をつむ（推敲前の形）

またしても奇怪・異様な歌々のはじまりである。止め処もなく作り続ける。

49. 庭の木の七本撼《ゆ》れど一本も動かず地《つち》に座して涙す
58. わがかぶる帽子の庇《ひさし》大空を覆ひて重し声も出でなく
59. 炎天の下わが前を大いなる沓《くつ》ただ一つ牛の如《ごと》行《い》く
66. 大木の枝ことごとくきりすてし後の姿の寂しきかなや

八六首まで作って来てようやく吐き出す奇想もほぼ尽きたらしい。

87. 我は今のこる最後の一本の煙草を把りてつくづくと見る

もう一首作ったところで突然父母妻子を歌いはじめる。

89. 灯《ともし》なき室《しつ》に我あり父と母壁の中より杖つきて出づ

91. われ天を仰ぎて嘆ず恋妻の文に半月かへりごとせで

94. 父母《ちちはは》のあまり過ぎたる愛育にかく風狂の児となりしかな

97. いと重くやみて痩せぬと文よめど夢に見る児は笑みて痩せざり

日記には「父母のことを歌ふ約四十首、泣きながら」とある。

102. 津軽の海その南北と都とに別れて泣ける父と母と子

「津軽の海」の南（野辺地）に父、北（函館）に母、都にはひとり息子。

103. 飄然《へうぜん》と家を出でては飄然と帰りたること既に五度《いつたび》

家を出た時はいつも主に父に迷惑をかけた。

107. 今日切に猶をさなくて故《ふる》さとの寺にありける日を恋ふるかな

幼き日に記憶が退行して行く。

108. 我れ父の怒りをうけて声高く父を罵り泣ける日思ふ

109. 母われをうたず罪なき妹をうちて懲せし日もありしかな

どの歌もどの歌も佳い歌だ。奇怪でも異様でもない。真実が最上の言葉で詠まれている。

111. われ人にとはれし時にふと母の齢《とし》を忘れて涙ぐみにき

112. 母よ母このひとり児は今も猶乳の味知れり餓《う》ゑて寝る時

114. 我が母は今日も我より送るべき為替を待ちて門《かど》に立つらむ

母に送るべき金が有ったって、百合の花と足袋と香油と青磁の花瓶と銀台の洋燈を買ったくせに。でも114のように思っているのも啄木なのだ。母に妻に金を送る時は印税がどかんと入った時なのだろう。

115. 百二百さるはした金何かあるかくいふ我を信ずるや母

渋民にいた頃こんな事を言って母を煙に巻いていたのも事実らしい。

そしてのちの名歌が誕生する。ただし五句は「三歩あゆまず」ではない。

116. たはむれに母を背負ひてその余り軽きに泣きて三歩あるかず

父をうたう次の歌も佳い歌だ。曹洞宗の総本山から神童の息子に乗り替えようとして、宗費を息子の学費に流用した父のなれの果てだ。

120. わが父は六十にして家を出で《い》師僧の許に聴聞ぞする

母はどこまでも息子に尽くす。息子のためにはどんな苦労も厭わない。

122. あたたかき飯を子に盛り古飯に湯をかけ給ふ母の白髪

125. 今日は汝《な》が生れし日ぞとわが膳の上に載せたる一合の酒

父にも悪いことをした。あれは何度目の帰郷の時だったか、何の事件の時だったたか。

130. 父と我無言のままに秋の夜中並びて行きし故郷の路

突然父母を離れて、とんでもない歌を詠む。

132・　女なる君乞ふ紅き叛旗《はんき》をば手づから縫ひて我に賜へよ

六月二三日の東京朝日新聞がのちに「赤旗事件」と呼ばれる事件を、「日本の露西亜化」「錦輝館前の大騒動」「革命の赤旗」「妙齢の佳人」などの見出しでおもしろおかしく報じた。赤旗事件こそ大逆事件の発端である。二四日には国民新聞も「美人の無政府演説」「無政府の赤旗」などの見出しでセンセーショナルに報じた。132は赤旗事件を詠んだ歌なのである。

133・　君にして男なりせば大都会既に二つは焼けてありけむ

この歌の第三句の最初の形は「二人して」である。ここまで詠んでこの句を抹消し「大都会既に二つは焼けてありけむ」と詠んだのだ。「二つ」は「二人」を暗示しているわけである。「二人」とは誰か。東京朝日新聞は二四日にも「無政府主義社会党員騒擾続報」を出したが、記事中に「女に似気なき豪語」を放つ者として「菅野、木暮、二婦人の豪語」を紹介している。事件の実際から言えば、「菅野」は管野須賀子、「木暮」は神川マツ子である。したがってこの歌は管野・神川を詠んだことになる。

ふたたび父母の歌にもどる。

134・　わが父が蠟燭《らふそく》をもて蚊をやくと一夜寝ざりしこと夢となれ

そしてあと七首詠んで終わる。「この日夜の二時までに百四十一首作った」

と日記にある。とうとう歌の奔流は収まった。二夜で合計二五四首も作ったのである。

この経験は啄木に次のものをもたらした。

1．カタルシスを終え、小説が書けないことから生じるストレスをしばし逸らすことに成功した。精神にある種の安定を得た。これは啄木にとって一つの歌の効用の発見でもあった。

2．短歌の韻律を自在に操れる自信を得た。この啄木の自在は父一禎の英才教育の賜物でもあって幼時からすでに啄木に内在していたのである。それがこのたびの奔流によって表出した。すなわち自己に内在していた歌の天才の発見であった。

3．奇怪・異様な歌々もその時々の啄木の情緒の姿ではあった。歌はそれらを表現する手軽な（啄木にとっては）、詩形であった。奔流の終わり近くで父母妻子を詠んだ時、歌は真実の心をも率直に詠むことの出来る詩形であることも知った。こうして歌が「複雑なる近代的情緒の瞬間的刹那的の影を歌ふに最も適当なる一詩形」（小田島理平治宛08・7・?）であることを発見した。

4．また歌を詠むにあたっては既成の歌言葉・既成の表現に（お歌所風は言うに及ばず、それを革新した新詩社風にも、根岸派風、竹柏会風にも）囚われぬ各個人独自の言葉・表現があり得ることを発見した。これを小田島理平治宛て（08・6・?）書簡から引くとこうなる。

文学に捉へられて強ひて句を編む弊に陥り給ふな。天地の間に住する一個人として、場所や境遇に拘束せられず、真に感じ真に思ふ所をその儘うたひ出でなばと存じ候。

5．以上のうち3と4は窪田空穂の短歌論「短歌作法」から摂取したと推定される（三枝前掲書参照）。

六月二六日午前二時は歌人石川啄木誕生の瞬間と言えよう。さて、二四日、一一三首を作り終えるとすぐ「そのうち百許り与謝野氏に送つた」が、翌二五日から二六日午前二時にかけてさらに一四一首作ると、二六日にまた「昨夜の歌を清書して送つた」（日記）。結局は二八日に新詩社へ出かけて行き、その後二六日、二七日に作った分も含めて原稿の最終編集をおこなったらしい。これが「明星」七月号に載ることになる。

七月一〇日「明星」七月号が届く。「巻頭には予の歌〝石破集〟と題して百十四首。外に散文詩四篇、選歌」と記す。「与謝野氏の直した予の歌は、皆原作より悪い。感情が虚偽になつてゐる。所詮標準が違ふのであらうから仕方がないが、少し気持が悪い」とも書く。

　六月二四日二五日の二夜の後が歌人啄木のひそやかな誕生だとすれば、「明星」七月号は人々に歌人石川啄木の誕生を告げている。

　さて、「石破集」である。このタイトルはだれがつけたのか。啄木か寛か。「石破」とはなにを意味するのか。

　一九〇六年（明39）一月～一九〇八年（明41）七月までの「明星」を見ると、個人の歌の特集で「〇〇集」というのは、この「石破集」しかない。他は「新詩社詠草」である。ただし〇五年（明38）七月の「明星」に「涼月集」と題する歌群があるが、その歌群の著者は「石川啄木・せつ子」である。「石破集」は啄木の命名と見てよいであろう。

「石破」の意味は？

　太田登は唐の詩人李賀の「李憑箜篌引」中の句「石破天驚」から取ったとするが（『啄木短歌論考』）、啄木が李賀を読んだことを示すものは「古詩韻範」のみである。同書巻の四に李賀の「美人梳頭歌」がある。これは読んでいるが、一九一一年（明44）八月のことである。それ以前に李賀を読んだことを示す資料はない。太田の着想は今のところまだ仮説の域を出ない。成句としての「石破天驚」が明治四〇年代の日本人にどのくらい知られていたのか、という問題もあろう。この考証は残っているが、ここでは別の可能性をさぐる。石川正雄が復刻版「暇ナ時」にはさんだ「解説」で説くところが興味深い。石川は六月二三日一二時（実際は二四日午前0時）ころにはじまる歌の奔流の第一首（「石破集」でも第一首）の原稿を次のように推定した。

石一つ落して聞きぬおもしろし山を撼《ゆ》る谷のとどろき

と。これでは第四句が五音であって、短歌になっていない。石川正雄は推敲跡のはげしく入り乱れた原稿から「一」の字を読み取れなかったのである。決定稿はこうでなくてはならない。

石一つ落して聞きぬおもしろし一山《いちざん》を撼《ゆ》る谷のとどろき（ルビは引用者）

ともあれ、石川正雄は自身の読み取った破調の短歌にもとづいてこう述べた。

石ひとつの歌は、そのはげしい自棄的な気持をもてあまし、山の上から大きな石をころがし落し、あたりを滅茶滅茶にしながら、深い谷底で爆雷のような轟音をあげて、石そのものが木つ葉みじんになるというような、捨鉢な気持を歌つたものと、推量され、石を破るという、途方もない表現は、ここからきたものと考えられよう。

……

かれがこの歌を冒頭に据え「石破集」と題したのは、この感情をもとに、そこに浮かびあがる複雑多様な感情を歌つた集という意味ではなかつたろうか。

この歌をただ一人正解に近いところまで読んだ人ならではの卓見である。

ついで石川はこうも言う。

ところが鉄幹が直して「明星」に発表した歌は、

石ひとつ落ちぬる時におもしろし万山を撼る谷のとどろき

と、なつている。

これでは、山の上から自然に大きな石がころがり落ち、山をゆすぶるようなひびきが、谷底からとどろいてくるのがおもしろいという、客観描写で、自分から積極的にころがし落すという、はげしい感情とは、およそ反対で、作者の意図とはまるでちがつたものになつている。したがつてこの歌からは、石破という意味、感情が全然うけとられない。啄木が直されたために、感情が虚偽になつていると不満をいつているのも、当然といわねばならない。

これもほぼ正鵠を得ている。

自ら落とした石が、自然に落ちた石に変えられてはたまらない。

岩ではなく「石」であるから、そんなに大きなものではない。それを「一」

つ落としたところ、ものすごい破壊を引き起こし、ついには谷底で「二」つの山を揺るがすようなとどろきとなった、と言うのである。それを「万山」に変えられては二重にたまらない。

啄木は明星に原稿を送る時にはすでに、この歌一首を自分が落とした「石一つ」になぞらえていたのだと思われる。先に見たとおり、この歌を作ることによって歌人石川啄木のビッグバンは始まったのだった。

寛が手を入れたと思われる歌は、二〇首前後ありそうだが、啄木が「皆原作より悪い。感情が虚偽になつてゐる。……少し気持ちが悪い」というのは分かるような気がする。

ただし「たはむれに母を背負ひてその余り軽きに泣きて三歩あるかず」は啄木の原稿だが、「三歩あゆまず」に変えたのは寛らしい。そして啄木はこの手直しは結局受け入れた。

一一日。

万葉集を読む。あるかなきかの才を弄ばむとする自分の歌がかなしくなつた。

吉井の勧めであろうか、中学時代愛読書だった万葉集を再び読みはじめたのだ。そして六月下旬に作った歌々、「石破集」に載せた歌々のうちのおそらく奇怪・異様な歌々を念頭に置きつつ、「あるかなきかの才を弄ばむとする自分の歌がかなしくなつた」のであろう。古典を読んで深く反省する啄木がここにいる。

「明治四十一年六月・七月」の章に集めたのが以上の時期の歌である。

## 古典による洗練

八月上旬には唐詩選や蕪村の句集（おそらくは山田三子編『蕪村俳句全集』〈内外出版協会〉）を入手して読みはじめた。また「心の花」（七月号、八月号）に連載された北原白秋の詩「断章」にも心をうたれた。

万葉集・蕪村句集・唐詩選そして白秋の「断章」は啄木の詩神のよごれを洗い流してゆく。

八月八日の作から美しい歌が詠まれはじめる。

　ふるさとの寺の御廊《みろう》に踏みにける小櫛《をぐし》の蝶を夢に見しかな

　はた〳〵と黍《きび》の葉鳴れる故郷の軒端ぞ恋し秋風吹けば

　愁ひ来て岡に上れば名も知らぬ鳥啄《ついば》めり赤き茨《ばら》の実

八月二九日の作品には一層の進境が見られる。

　雨後の月ほどよく濡れし屋根瓦そのところ〴〵輝くもよし

秋のこゑまづいち早く耳に入るかかる性《さが》もつ悲しむべかり

啄木の内部では、今読んでいる古典ばかりでなく昔愛読した古典もまた甦っていることであろう。たとえば次の歌に西行「山家集」の秋の歌々を見ることはできないか。

月かげとわが悲《かなし》みと天地《あめつち》に普《あまね》き秋の夜となりにけり

赤心館の下宿料を払えない啄木は下宿を追い出されそうになった。九月六日、金田一京助が蔵書を売り払って金をつくり救ってくれた。蓋平館に引越した。

金田一の蓋平館主人との交渉のお蔭で啄木の下宿料は一二月まで催促なしとなった。

啄木の古典摂取はつづく。九月に入って古今集・源氏物語（「野分」あたりまで?）を読み、下旬には「白楽天詩集」（おそらくは近藤元粋評訂『白楽天詩集』〈青木嵩山堂〉）、「宋元明詩選」（おそらくは近藤元粋著『宋元明詩選』〈青木嵩山堂〉）を読んだ。

ふる郷《さと》の空遠みかも高き屋《や》に一人のぼりて愁ひて下《くだ》る

皎《かう》として玉をあざむく少人も秋来《く》といへば物をしぞ思ふ

そを読めば愁知るといふ書焚《た》ける古人《いにしへびと》の心よろしも

秋立つは水にかも似る洗はれて思ひことごと新らしくなる

この間の成果は「明星」九月号に「虚白集」一〇二首として集成される。その後も作歌活動は続けられるが、「明治四十一年秋」の章は八月八日から一一月二六日までに作られた歌からなる。この章の歌々は二年後に『一握の砂』五章中の一章「秋風のこころよさに」の主要部分となる。

## ローマ字日記の時期の短歌

明治四二年四月七日、啄木はこれまで使っていた当用日記をやめ、背革黒クロースの洋横罫ノートにローマ字の日記を記し始めた。世にいう「ローマ字日記」である。

日記を書くことは啄木自身の半生を総点検する壮絶な煉獄と化した。毎日執拗に小説を書こうとするが、毎日書けないことを思い知らされる。小説が書けないということは自分が「天才」ではなかったことの証明である、と啄木は考えた。一五歳でいだきはじめ、一八歳で不抜のものとなった天才意識、その天才の実現を至上目的として生きてきたこの八年間。自分を「天才」でないと認めた日、それは人生の至上目的が消滅する日であり、苦闘の八年間が無に帰する日である。だから小説が書けない自分の現実をどうしても「直

ところで終わる。

「ローマ字日記」は六月一六日母・妻・京子・宮崎郁雨を上野駅に迎えた視」できなかった。

こういう日々の第四日目つまり四月一〇日、啄木はローマ字日記でも、もっとも長い、もっとも有名なくだりを綴っていた。(カタカナ表記は近藤訳)

Ikura ka no Kane no aru toki, Yo wa nan no tamerô koto naku, kano, Midara na Koe ni mitita, semai, kitanai Mati ni itta. Yo wa Kyonen no Aki kara Ima made ni, oyoso 13-4 kwai mo itta,……

(イクラカノ　カネノアルトキ、ヨ(予)ワ　ナンノタメロウコトナク、カノ、ミダラナコエニミチタ、セマイ、キタナイマチニ　イツタ。ヨワ　キヨネンノアキカラ　イママデニ、オヨソ13-4カイモイツタ、……)

これ以下の記述はもっとも衝撃的である。(一三、四回の私娼窟通いの多くは前年一一月一二月のことである。)

そして翌一一日の午前中、金田一京助と隅田川で花見をした啄木は、午後金田一と別れ、千駄ヶ谷の与謝野宅に向かった。新詩社歌会があるのだ。

Rei no gotoku Dai wo dasite Uta wo tukuru. Minna de 13 nin da. Sen no sunda no wa 9 ji goro dattarô. Yo wa kono-goro Mazime ni Uta nado wo tukuru Ki ni narenai kara, aikawarazu Henabutte yatta.

（レイノゴトク　ダイ（題）ヲダシテ　ウタヲツクル。ミンナデ　13ニンダ。セン（選）ノスンダノハ　9ジゴロダッタロウ。ヨ（予）ワ　コノゴロ　マジメニウタナドヲ　ツクルキニ　ナレナイカラ、アイカワラズ　ヘナブッテ　ヤッタ。）

森鷗外の観潮楼歌会では次の歌会のための題（たとえば、斯く・さぞ・瓶・海、など）を出しておく。兼題である。新詩社の場合、題はその場で出されたらしい。この日であると、毒・上衣・横・万年筆・土手、など（新詩社ではこうした題を「結び字」と言った）。これを一首の中に詠み込んで歌を作り、互いに発表しあうのである。

小説が書けなくて、自分の文学の才能それも「天才」に疑惑が生じ、その恐怖におののきつつ、苦悩をローマ字で書き綴る日々。

昨年六月下旬の歌の奔流は、カタルシスであった。今啄木はカタルシスをローマ字日記でおこなっている。昨日の記述は特にすさまじかった。もはや歌はカタルシスの手段たりえない。歌うべきことなどない。今の絶望的努力、絶望的情況を歌で表現することなど、論外だ。まして題詠など遊戯としか思えない。

そこでこの日「Henabutte yatta.」のである。「Henabutte yatta.」とは木股知史によれば、当時流行の「へなぶり狂歌」のまねをして、「ふざけて歌を作ってやった」くらいの意味である（『石川啄木・一九〇九年』）。

「わが髭の」から「青草の」までの七首がそれである。

四月二〇日東京朝日新聞社から帰ったばかりの啄木のところに「スバル」短歌号（五月号）の編集をしていた平出修から電話がかかってきた。短歌原稿の催促である。

Iikagen na Henji wo shita ga, hm! tsumaranai, Uta nado!
（イイカゲンナ　ヘンジヲシタガ、フン！　ツマラナイ、ウタナド！）

ということになる。そして下宿を飛び出して、活動写真を観て、あてもなく一時間も電車に乗った。二一日また平出から催促の電話。「スバル」の同人間にあって啄木の短歌における存在感は「石破集」以来特別の重さを持っていたのだと思われる。

啄木も折れて二二日の朝、めずらしく早起きして歌を六首ばかり作った。そして興に乗って来たらしい。夜にも作った。

Yoru, Kindaichi kun to katari, Uta wo tsukuri, 10ji goro mata Kindaichi kun no Heya e itte, tsukutta Uta wo yonde Ô-warai.

（ヨル、キンダイチクントカタリ、ウタヲツクリ、10ジゴロ　マタ　キンダイチクンノ　ヘヤエイッテ、ツクッタウタヲヨンデ　オオワライ。）

翌二三日も帰宅してから歌を作り、前年一一月に作った一首、今年一月に作った六首、四月一一日に作った七首および昨日今日作った分を合わせ編集し、「莫復問《ばくふくもん》七十首」と題して、快く寝た。日記にはこの作業について、こうも記してある。

Nani ni kagirazu ichi-nichi Hima naku Shigoto wo shita ato no Kokoromochi wa tatôru mono mo naku tanoshii.

（ナニニカギラズ　イチニチ　ヒマナクシゴトヲシタアトノ　ココロモチワ　タトウル　モノモナク　タノシイ。）

啄木はどんなに斜に構えても、歌が心から好きなのだ。

しかし今は歌どころではない。小説だ。しかもその小説が書けない！

この明治四二年一月と四月に作られた歌々から啄木が「仕事の後」に選んだと推定されるものを集めたのが「明治四十二年一月・四月」の章である。

一月の分六首は明治四一年秋の歌の情調を曳いている。すべて題詠である。

この章の歌で重要なのは、四月二二日、二三日の分である。

日記にあるように作りたくて作ったのではなかったが、天性の歌人はつい興に乗ってしまった。「ローマ字日記」の時期の最初の半月における自分の意識の姿のいくつかをうたってしまったのである。

この時期も苦し紛れに自殺や死を思うことしきりであったが、それが「森の奥より銃声」「いたく錆びしピストル」「『さばかりの事に死ぬるや』」「よく笑ふ若き男の死にたらば」「こそこその話声が」などの歌になった。

小説は書けない、下宿代は払えない、居場所がない。その意識の姿が「何となく汽車に」「空家に入り」等の歌である。それ以外にも「ローマ字日記」中の記述と符合する歌がある。「快きあはれこの疲れ」「尋常の戯けならむや」「不覚にも婚期を過ぎし妹」の歌など。

このように実生活における日常の自己の意識の姿をうたうことをやってしまったのである。

これが『一握の砂』最初の章「我を愛する歌」の源流となる。

さて、「ローマ字日記」の日々はまだまだ続く。会社をサボってまで来る日も来る日も同じ悪戦をつづけた。往生際のわるい最後の苦闘の末ついに認めざるを得なくなった。自分は小説が書けなかった、「天才」ではなかったらしい、と。

そこへ家族が函館から上京してきた。この六月一六日以後約百日間かけて心の整理を行い、啄木はついに天才意識を払拭し、天才主義をほとんど清算した。

## 啄木新生

啄木は九月末の段階ですでに、自分の文学活動よりも家族の扶養を優先させる真面目な勤め人になり、借金をやめ、家計の不足分は夜勤や原稿書きで補おうとしていた。

この啄木を激烈な衝撃が襲った。一〇月二日、妻節子が家出したのである。娘京子を連れて盛岡の実家に帰ってしまったのだ。「漸々この頃心を取直してこの身のつゞく限りは働かむと思立ちたる折も折の」（新渡戸仙岳宛10・10）妻の家出だった。

この日から節子帰宅（一〇月二六日）までの間に、啄木の変身は完了した。啄木はこの世のあらゆることを直視する人となった。まず何よりも先に自分自身を徹底的に直視した。その結果、自分は「天才」でも「詩人」でもなく、普通の「人」であると認めた。そして長い間馬鹿にしてきた、自分と家族が生きてゆくための勤め（職業）が生活上の最優先事項であり、家族の扶養こそもっとも重要な「責任」であることを、誠実に再確認した。これまでの自分を「空想家――責任に対する極度の卑怯者」と規定した（「弓町より」）。

啄木の直視は自分自身に留まらなかった。啄木自身の言葉を引くと「ふと、今迄笑つてゐたやうな事柄が、すべて、急に、笑ふ事が出来なくなつたやうな心持になつた」（同右）。

それはとりもなおさず、「生活」の発見であった。「生活」の発見は、世の中に無数にいる「生活者」の発見でもあった。世の中の「生活者」は孜々として働き、金を得、自らと家族をやしなっているではないか。天才主義の啄木にとって世の中の人々は「教化」の対象であった。自分を「生活者」と規定するやいなや、世の中の無数の「生活者」が自分と同じ立場の人間たちとして立ち現れた。「生活者」の発見は「民衆」の発見でもあった。

鹿野政直はこの変化を「〝天才〟の視点から〝生活者〟の視点への転回」と呼んだ（「啄木における国家の問題」）。井上ひさしは啄木の「回心」と呼んだ（「the 座」1986・6）。

啄木は新生した。かれが「天才」を捨てた時、天才石川啄木が誕生した。自分自身を、そして世の中を直視する啄木はすぐれた数々の評論を書きはじめる。

評論は岩手日報への「百回通信」として始まった。執筆の目的は生活費を妻の家出以前の九月二八日である。）

稼ぐことであった。（この評論連載を岩手日報にいる新渡戸仙岳に頼みこんだのは、

鹿野政直は言う。この「百回通信」において「啄木は、生活への関心のふかまりを、政治思想化し経済思想化する視点を確立したようにみえる。それは、社会主義思想としてはまだ結晶していないけれども、一文学者ないし一ジャーナリストあるいは一人間の時評としては、おどろくべく視野のひろいものである。政治・経済・外交・社会などの問題へのふかい関心が随所に示されており、文芸問題すら政治・社会問題の一局面としてとりあつかわれている。その関心は、イギリスの政治、中国問題、東北振興問題、地租軽減問題、工場法の問題、教育問題などにわたり、かつてのような高踏的超越的な近代批判はかげをひそめ、現実へふみこんでゆこうとする姿勢がいちじるしい。」

鹿野の名論文の中でも、このあたりからの叙述は圧巻である。が、割愛する。

この「百回通信」を一〇月一日以来二八回にわたって執筆してきた啄木は、一一月一九日執筆（二一日掲載）の第二八回をもって中断する。中断の理由は不明である。朝日新聞社ではこの一一月から二葉亭全集の校正の仕事が増えたこと（それは収入増をも意味するが）、そのため肉体的にいっそうしんどくなったこと、などが一往理由として考えられる。

「百回通信」を事実上やめたことで、出勤前の数時間が自由になった。

啄木がこの時間を得て、取りかかったことの一つに詩論「弓町《ゆみちやう》より（副題）食《くら》ふべき詩」の執筆がある。一一月三〇日～一二月七日に七回、東京毎日新聞に連載した。

一回～四回は自己の天才主義時代から生活者の視点獲得（現在）までの、簡潔を極めた自叙伝になっている。

自己の閲歴を踏まえた詩論は第五回から展開される。要旨は以下のようである。

「食《くら》ふべき詩」とは「両足を地面《ぢべた》に喰《く》つ付けてゐて歌ふ詩」「実人生と何等の間隔なき心持を以て歌ふ詩」である。それは「珍味乃至《ないし》は御馳走ではなく、我々の日常の香の物の如く、然《しか》く我々に『必要』な詩といふ事である」。

「詩人」は「普通人の有つてゐる凡ての物を有つてゐるところの人でなければならぬ」。（換言すれば「詩人」は「生活者」でなければならぬ、となるだろう。）

「真の詩人とは……自己の心に起り来る時々刻々の変化を、飾らず偽らず、極めて平気に正直に記載し報告するところの人でなければならぬ。」

「詩は所謂詩であつては可けない。人間の感情生活……の変化の厳密なる報告、正直なる日記でなければならぬ。従つて断片的でなければならぬ。――

まとまりがあつてはならぬ。（まとまりのある詩即ち文芸上の哲学は、演繹的には小説となり、帰納的には戯曲となる。詩とそれらとの関係は、日々の帳尻と月末若くは年末決算との関係である。）」

「我々の要求する詩は、現在の日本に生活し、現在の日本語を用ひ、現在の日本を了解してゐるところの日本人に依て歌はれた詩でなければならぬ……。」

啄木はこの詩論に基づく実作として五編の口語自由詩を、一二月一二日～二〇日の間に「心の姿の研究」という総題の下に発表する。「心の姿」とは、生活の中で刻々に変化する「心持」（＝心に感ずるところ）・「感情」を指していよう。

「研究」とはある時ある局面の自己の「心持」・「感情」を考究し、詩の言葉に組み立て、詩にすることであろう。

詩論「弓町《ゆみちやう》より」を論じることは啄木短歌を解説する本稿においては若干脇道に入ることになる。以下の四点を付け加えるにとどめよう。

一・この詩論は、耽美派の詩人木下杢太郎・北原白秋・長田秀雄の三人によって創刊されたパンの会の機関誌「屋上庭園」創刊号（〇九年一〇月一日）に触発されて書かれた。したがってこの詩論は啄木の痛切な自己批判であると同時に耽美派の詩人（とくに啄木最高のライバル北原白秋）への批判の文でもある。

二．「心の姿の研究」の口語自由詩等は「屋上庭園」所載の白秋の文語自由詩を十分に意識して作ったのである。啄木の詩稿ノートにある「無題（屋根又屋根、眼界のとゞく限りを）」や「心の姿の研究」中の「夏の街の恐怖」「事ありげな春の夕暮」と白秋の「瞰望」「雑艸園」を読み比べるのは、堪らなく楽しい。（白秋もだまっていない。）若き二大天才詩人の関係をイメージすると突然俵屋宗達「風神雷神図」が浮かんで来た。

三．この一一月から翌年二月までの間は王堂田中喜一のプラグマティズムの影響を色濃く受けており、これが混じっているために、理解しがたい部分がある。この詩論における王堂的なものの腑分けはむずかしい。ここでは指摘にとどめ、別稿を用意したい。

四．この詩論は詩のみならず小説、戯曲にまで応用の出来るものと啄木は考えている。短歌への応用は当然考えていよう。四ヵ月後の啄木調短歌創出の理論的準備にもなっている。

年が明けた。一九一〇年（明43）である。

年末に父一禎が野辺地から上京し同居したこともあり、一月は生活費のために猛烈に稼いだようである。

二月初めにはクロポトキン（幸徳秋水訳）『麺麭《パン》の略取』を読み、「国家という既定の権力」という、時代に突出した国家概念を獲得した（「性急《せつかち》な思想」）。「スバル」四二年七月号の発禁以来感じていた国家と個人の関係の洞察は飛躍的に深まった。

同じく二月初め小説「道」を脱稿した。完成した啄木小説中の最高傑作である。

ロシア人 Paul Milyoukov : *Russia and its Crisis*（ロシアとその危機。全六〇〇ページ）を読みはじめる。

## 啄木調短歌の誕生

三月一日、文芸短歌雑誌「創作」が創刊された。若山牧水が中心で、前田夕暮らが編集に参加した。短歌作品が圧倒的に多い。短歌に焦点を当てて見るなら、「スバル」は新詩社的・耽美派的な短歌の雑誌であり、「創作」は自然主義的な短歌雑誌であると言えよう。新詩社・耽美派に批判的になり、自然主義に接近していた啄木がこの雑誌に強い関心を抱くのは必然的であった。

分けても当時自然主義的短歌を作って注目を集め始めた前田夕暮に関心を示した。

次に見るのはこの創刊号に載った前田夕暮「卓上語」の一節である。

私は言ふところの歌人でないかも知れぬ。けれども自分は「人間」であるといふことに些かの疑念を挿んでゐない。自分は何時も唯「人間」で沢山だ、満足して居る。平凡でもよい、何でもよい。吾等は世上有り触れた極めて通常なる人である。此世間並の人が、世間並の人から受けた印象、乃至は吾等の周囲の自然から受けた心持を、唯正直に表白する。その表白する為めに便宜として私は短歌を選んだまでゞある。

「弓町より」との共通性に着目されたい。一見したところでは、啄木が詩について言ったことを夕暮がそのまま歌について言っているかのようである。啄木は自分の詩論と同様の見地から現実に短歌を作っている先行者を見いだしたのである。ほとんど衝撃的だったであろう。（「弓町より」の夕暮への影響ということも考えられる。）

啄木が夕暮の最近の自然主義的な短歌を読んでいたかどうか未詳であるが、夕暮は「さまよひ」と題する一六首をこの「創作」に載せている。十六首中のほとんどが女との関係を詠んでいる。たとえば以下のように。

1. 別れむとする悲しみにつながれてあへばかはゆし別れかねたる
2. わがまゝを迭《かた》みにつくしつくしたるあとの二人の興ざめし顔
3. 自棄《じき》の涙君がまぶたをながる、や悲しき愛のさめはてし頃
4. あた、かき汝がだきしめに馴れ易きわれの心をのがさしむるな
5. あた、かき血潮のなかに流れたる命恋しき身となりしかな

新詩社の恋愛歌とはまるで違う。恋愛至上主義とは別世界の歌である。新しい、女との関係から「さまよひ」出た男の心を「唯正直に表白」している。新しい、自然主義の短歌だ。

「さまよひ」の影響を見よう。三月一〇日東京毎日新聞に啄木の「手をとりし日」五首が載る。「明治四十三年三月・四月」の章の最初の五首がそれである。

少年の軽《かろ》き心は我になしげに〳〵君の手とりし日より
泣きぬれし顔をよしと見醜しと見つゝ三年《みとせ》も逢ひにけるかな
かしましき若き女の集会《あつまり》の声聞き倦《う》みてさびしくなりぬ
長く〳〵忘れし友にあふ如き喜びをもて水の音きく
君に逢ふこの二月《ふたつき》を何事か忘れし大事ありしごとく思ふ

このうち「かしましき」「長く〳〵」の二首がのちに『一握の砂』に採ら

れるが、他の三首には夕暮の影響が見られる。

最初の歌。「少年の」心は「君の手」をとった日から男の心に変わってしまった、というのであるから、モチーフは女との関係から生じる男の心の変化、であろう。夕暮の5の歌は、女と肉体関係によって生じた男の心を詠んでいるのであろうから、同様のモチーフと見なしうる。

「泣きぬれし顔」の歌は、愛してもいない女との関係を詠む。これは夕暮の歌1、2、3のモチーフである。

「君に逢ふ」の歌は、女との関係に没入できないで、相手を離れてさまよい出ようとする男の心を詠む。夕暮の4の歌が同様のモチーフである。（三月一四日東京毎日新聞「風吹く日の歌」五首中の次の啄木歌も同様である。「道ゆけば若き女のあとおひて心われより逃げゆく日かな」）

啄木の五首中の三首は、この年一二月に出る『一握の砂』の歌々を知る者には、啄木らしからぬ歌である。しかし、夕暮の「さまよひ」に自然主義的な短歌の新生を見、モチーフと心持の表白の仕方をまねて試作した、と考えると納得がゆく。試作品のうちの五首を東京毎日新聞に投稿したのである。

つまり啄木は「創作」の創刊、夕暮の「卓上語」・短歌作品に刺激され触発されて、歌作を再開したのである。去年四月以来約一一ヵ月ぶりの作歌である。

夕暮の第一歌集『収穫』が東雲堂から出るのは奥付によると三月一五日。啄木は早速入手したと思われる。

三月一八日には前田夕暮の影響を超えた啄木に独自の歌々が生まれる。啄木調の成立である。東京朝日新聞に載った「曇れる日の歌（二）」五首がそれを告げている。

よごれたる煉瓦の壁に降《ふ》りて溶《と》け降りては溶くる春の雪かな

手にためし雪の溶くるが心地よく我が寝飽きたる心には沁む

哀れなる恋かなと独り呟やきてやがて火鉢に炭添へにけり

旅七日《なのか》帰り来ぬればわが窓の赤きインキのしみもなつかし

浅草の夜《よ》の賑《にぎは》ひにまぎれ入りまぎれ出《い》で来《き》しさびしき心

こうして、凡例で述べたように「東京毎日新聞」三月一〇日から四月八日までの（6回×5首＝）三〇首、「東京朝日新聞」三月一八日から四月七日までの（10回×5首＝）五〇首の、合計八〇首はすべて「明治四十三年三月・四月」の章に収めた。

これらは啄木の新しい自信作群であり、「仕事の後」の編集を終えた四月一一日に近接した最新の歌群だからである。

幻の歌集の復元によって、歌人啄木の誕生から啄木調短歌の成立までが、手に取るように一望できることとなった。

〈注〉

最初の歌は『石川啄木全集第一巻』（筑摩書房）によると次の一首である。

石一つ落して聞きぬおもしろし轟と山を把る谷のとどろき

『全集』では推敲のある場合には最終形を記録する方針をとっているが、復刻版「暇ナ時」（八木書店、一九五六年）によって校訂すると、これは最終形ではありえない。「轟と」は抹消部分である。この二文字を含んではいけない。しかも「把る」では歌の意味が通らない。この歌は何度か推敲を加えられた形跡がある。復刻版では推敲過程の確認はきわめてむずかしいが、この歌が最初にできた時の形をなんとか推定して本文に掲げた。啄木は掲出歌を更に推敲し、六月二六日に新詩社に送った原稿の冒頭にこれをおいた。これこそが決定稿である。ただし与謝野寛がこれに手を加えてしまったが。

# あとがき

　このたびの『一握の砂』・『悲しき玩具』は、定本化を目指しました。そしてそれが基本的に実現したと自負しております。二つの古典はこの二冊でご鑑賞ください。

なお『悲しき玩具』は前著『復元 啄木新歌集』を改訂・再編したものですが、主は「悲しき玩具」です。「仕事の後」は付録としました。前著でも申しましたが、「一握の砂」・「悲しき玩具」・「仕事の後」三者の間には連関があります。

啄木文学の最高傑作『一握の砂』を読んだ方は『悲しき玩具』に

向かわれるでしょう。『悲しき玩具』には「白鳥の歌」二首があります。「白鳥の歌」とは、「白鳥が死の前に歌うと言われる美しい歌、転じて作曲家や詩人の最後の作品」（郁文堂独和辞典より）のことです。わたくしは「悲しき玩具」の最後（補遺）の二首が啄木の「白鳥の歌」だと思います。

この二首を歌ってまもなく啄木は亡くなりました。そして「悲しき玩具」もこの二首で終わります。

しかし本書の場合一つの歌集の終わりは、もう一つの歌集の始まりを孕んでいます。歌人石川啄木の誕生を告げる歌々すなわち「仕事の後」が始まります。

「仕事の後」は生き生きと啄木短歌の変遷・発展の様子を知らせつつ、『一握の砂』に向かいます。だから「仕事の後」の終わりはそのまま『一握の砂』の始まりなのです。

こうして二冊は「白鳥の歌」二首をいわば死と再生の枢《くるる》として不滅の連関を孕んだのです。心ゆくまで二冊を楽しんでください。

昨年四月若いOLの方から手紙をいただきました。わたくしのブログ「『一握の砂』を朝日文庫版で読む」とホームページ「石川啄木著『一握の砂』を読む」を読んで、書いて下さったとのことです。啄木研究を始めて三十年余、若い人から届いた待望の手紙でした。その一節を引かせていただきます。

『一握の砂』の有名な2つ、3つの歌しか知らなかった私にとって、啄木の作った全ての歌と先生のご解釈は非常に刺激的で、心をくすぐるものでした。先生がホームページで、「20～30代の人に啄木の歌を知ってほしい」ということを書かれていましたが、その通りだと感じました。啄木の作った歌の多くが、

１００年以上経った今の若者にも通じるのです。啄木の全てが知りたくて『ローマ字日記』も読んでおります。同時に、先生のち密な考証や解釈も読ませて頂いております。今まで文学に興味のなかった私に、啄木と先生が大いなる刺激を与えて下さったことに感謝し、無礼を承知でお手紙を差し上げました。すてきな研究を公表して下さり、ありがとうございます。

私は今、同世代の友人たちにも啄木を薦めております。新潮文庫の『一握の砂・悲しき玩具』は読んでいると途中で胸をおさえたくなるような、見透かされているような気持ちになります。

今、私は先生のホームページや、他の方々の解釈を参考にしながら啄木を自分なりに読み直す予定です。明治の啄木も知りたいですし、平成の今、どう捉えられるかも考えたいです。

啄木短歌の真髄は、資本主義の世の生活者の意識を、自己の意識の千姿万態として表現しえた点にある、とわたくしは考えます。だからかれの歌は時代を超え老若男女を問わず、直接人の心を撲つのです。この手紙はその証明です。

バブル期前後に啄木を離れた若い人たちは、今帰ってきた！

わけてもその人たちにこの二冊を届けたい。

これは桜出版の山田武秋・高田久美子両氏の思いでもあろう。

二〇一七年一〇月

編者　近藤典彦

## 『悲しき玩具』索引

〔わ〕

悲《かな》しき玩具《がんぐ》
一握の砂以後（四十三年十一月末より）

2017年11月25日　第1刷発行

著　者　石川啄木《いしかわたくぼく》
編　者　近藤典彦

カバー絵　三浦千波
発行者　山田武秋
発行所　桜 出 版
岩手県紫波町犬吠森字境122番地
〒028-3312
Tel.（019）613－2349
Fax.（019）613－2369
印刷製本　シナノ書籍印刷株式会社

ISBN978-4-903156-24-8　C0192
落丁乱丁本はお取り替え致します。
定価はカバーに表示してあります。